U0066487

瑞蘭國際

瑞蘭國際

新韓檢 初級必備文法

TOPIK I 필수문법

世宗韓語文化苑TOPIK研究會
崔皓熲、高俊江、朴權熙、柳多靜

머리말

대만 내 한국어 학습자와 한국어능력시험 응시자가 증가하면서 2017년부터 대만에서도 한국어 능력시험이 한 해에 두 차례 열리고 있습니다. 점점 많은 대만인들이 한국을 알아 가고 있다는 점에서 한국어 교사로서 고무적인 일이기는 하나, 더욱 책임 있는 연구와 준비가 있어야 함도 느끼게 됩니다. 그래서 세종한국어문화원에서는 토픽연구회를 조직하여 관련 교학 및 교재 연구에 착수했고, 저희 필진들은 이 과정에 참여하여 각자의 교학 경험과 연구 내용을 더 많은 학습자들과 나눌 수 있어야 한다는 인식으로 본 책 출간을 계획하게 되었습니다.

책 출간 계획은 연구회의 연구 내용에 맞춰 어휘, 문법, 읽기 기출 문제 등 3개 시리즈로 나누어 진행되었습니다. 영역별로 어휘 영역인《新韓檢初級必備單字1500 新版》에서는 초급 단계에서 꼭 알아야 할1,500여 개를 선별해 예문을 함께 두었으며, 문법 영역인《新韓檢初級必備文法 新版》에서는 초급 단계에서 꼭 알아야 할 94개 문법을 정리했고, 읽기 영역인《新韓檢初級閱讀必學16大題型》에서는 기출 문제를 분석해 총 16개의 기출 유형으로 실전 문제집으로 엮었습니다.

특히, 본《新韓檢初級必備文法 新版》에서는 난이도를 고려해 종결 어미, 조사, 연결 어미, 기타 문형 등 4개 영역으로 구성했습니다. 각 영역에 제시된 문법도 그저 단순 번역식 해설보다는 초급 학습 과정에서 꼭 알아야 할 지식이나 자주 범하게 되는 오류에 대한 설명을 간단명료하게 담아내고자 했습니다. 또한 학습자들이 쉽게 혼동하는 문법들의 차이점을 서로 쉽게 대조해 볼 수 있도록 설계를 했습니다.

본 책은 1년 이상의 연구 토론과 현장 경험을 반영한 결과물입니다. 그럼에도 여전히 부족한 점이 있으리라 생각하며, 이는 지속적인 연구를 통해 보완해 나갈 것입니다. 부족하나마 이 책이 한국어 학습자들에게 시험을 준비하며 기초를 닦는 데 도움이 되기를 간절히 바랍니다.

끝으로 이 책이 나오기까지 관심을 기울여 주신 이은정(李垠政) 원장님께 감사를 드리며, 하나부터 열까지 꼼꼼하게 편집 작업을 맡아 주신 瑞蘭출판사 편집부의 반치정(潘治婷)님과 모든 관계자 여러분, 그리고 격려와 기대로써 지지를 아끼지 않으신 王愿琦 사장님께 감사의 마음을 전합니다.

2023.7.3 | 저자 일동

作者序

在臺灣，隨著韓語學習者的增加，以及參加韓國語文能力測驗的人數大幅成長，從2017年開始，臺灣每年舉辦兩次韓國語文能力測驗。越來越多臺灣人想了解韓國，這對韓語教師來說是一件鼓舞的事情，而另一方面，也讓我們深刻感受到應該對研究與教學更負責任的態度。因此世宗韓語文化苑成立「TOPIK研究會」，著手研究相關教學與製作教材，筆者們在參與編著此書的過程中，認為應該把各自所累積的教學經驗與研究內容，與更多的韓語學習者一起分享。基於這樣的共識，因此有了出版本書之計畫。

根據研究會的研究，將考試內容分成詞彙・文法・閱讀考古題三個方向進行。依照各類別，詞彙部分在《新韓檢初級必備單字1500　新版》一書中篩選出1500餘個必考單字，同時佐以例句說明；文法部分在本書《新韓檢初級必備文法　新版》中整理出初級階段就必須要了解的94個文法；閱讀部分在《新韓檢初級閱讀必學16大題型》一書中，主要以分析考古題及應考方法，並分類成16種既有題型，且加以編寫成實戰練習書。

尤其本書《新韓檢初級必備文法　新版》中，依據難易度將文法分成「終結語尾」、「助詞」、「連結語尾」、「其他句型」四個部分。每一個部分所提到的文法，並非只是單單翻譯式的解說，而是將初級學習過程中應該要掌握的知識，以及經常會誤用的文法相關說明簡明地呈現於書中。最後還將學習者容易混淆的文法，以相互對照方式呈現，讓讀者方便查閱差異之處。

本書是經過一年以上的研究、討論與實際教學經驗之後所集結的成果。然而，想必仍會有不足之處，今後必會持續研究並加以改善。即使尚有不足之處，仍懇切地希望對韓語學習者在準備考試與基礎的建立上能有所幫助。

最後，感謝直到本書出版前一直給予關心的李垠政院長，還有將本書內容從頭到尾細心整理的瑞蘭出版社編輯部潘治婷小姐與各位成員們，以及不吝以勉勵與期待表達支持的王愿琦社長，在此亦表達感謝之意。

2023年7月3日｜作者全體

如何使用本書

本書乃四大名師合著，針對新韓檢初級考生，精選必備的94個文法及句型，依照「終結語尾」、「助詞」、「連結語尾」、「其他句型」分類，並對每一個文法及句型，做詳細的解說與分析，要您參加新韓檢，一試就上！

[精選TOPIK I必考94個文法]

四大韓籍名師依多年教學經驗，精選應試新韓檢初級必備的94個文法及句型，做最有系統的統整及分析，幫您抓好重點，考試輕鬆上陣！

[最清楚的連接方式]

說明運用此文法時，該如何與其他詞類接續，尤其隨著接續的詞類有無尾音，常會有不同的連接方式，此部分清楚列出該文法接續各種詞類時的變化，讓您一目了然，文法運用變得好簡單！其中本書「連接方式」的解說中，「陽性母音」指的是「ㅏ、ㅗ」；「陰性母音」指的是「除了ㅏ、ㅗ以外的母音」，在此特別說明。

[最貼心的注意]

整理出使用該文法需要小心的地方，包含接續特殊語尾時的變化、敬語的用法、適用在各種場合的表現方法、同類型文法替換方式、口語及書面用語的差異、慣用表現等，讓您文法應用更自如、面對考題陷阱不慌亂！

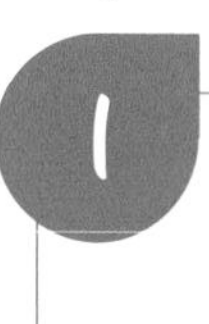

「格式體終結語尾」，平述形、疑問形（現在式）

V / A-습/ㅂ니다
V / A-습/ㅂ니까?

連接方式

V / A 語幹（有尾音）：-습니다/습니까?
V / A 語幹（無尾音）：-ㅂ니다/ㅂ니까?
N이다 : N입니다/입니까?

（1）此文法通常在發表、演說、會議等正式或公開場合上使用。
（2）此文法若連接的動詞或形容詞語幹的尾音為「ㄹ」時，需先去掉「ㄹ」後再接「-ㅂ니다」。

➤ 만듭니다. (○)　　製作。
만들습니다. (×)

➤ 여러분 안녕하십니까? 만나서 반갑습니다.　大家好，很高興見到各位。
➤ 저는 심심할 때 보통 집에서 드라마를 봅니다.　我無聊的時候通常會在家看電視劇。
➤ 이번 여름방학에는 친구들과 바다에 놀러 갈 계획입니다.　這次暑假的時候，我計畫和朋友們去海邊玩。

➜ 比較 ④ V / A-아/어요、V / A-아/어요? P.013

010　新韓檢初級必備文法

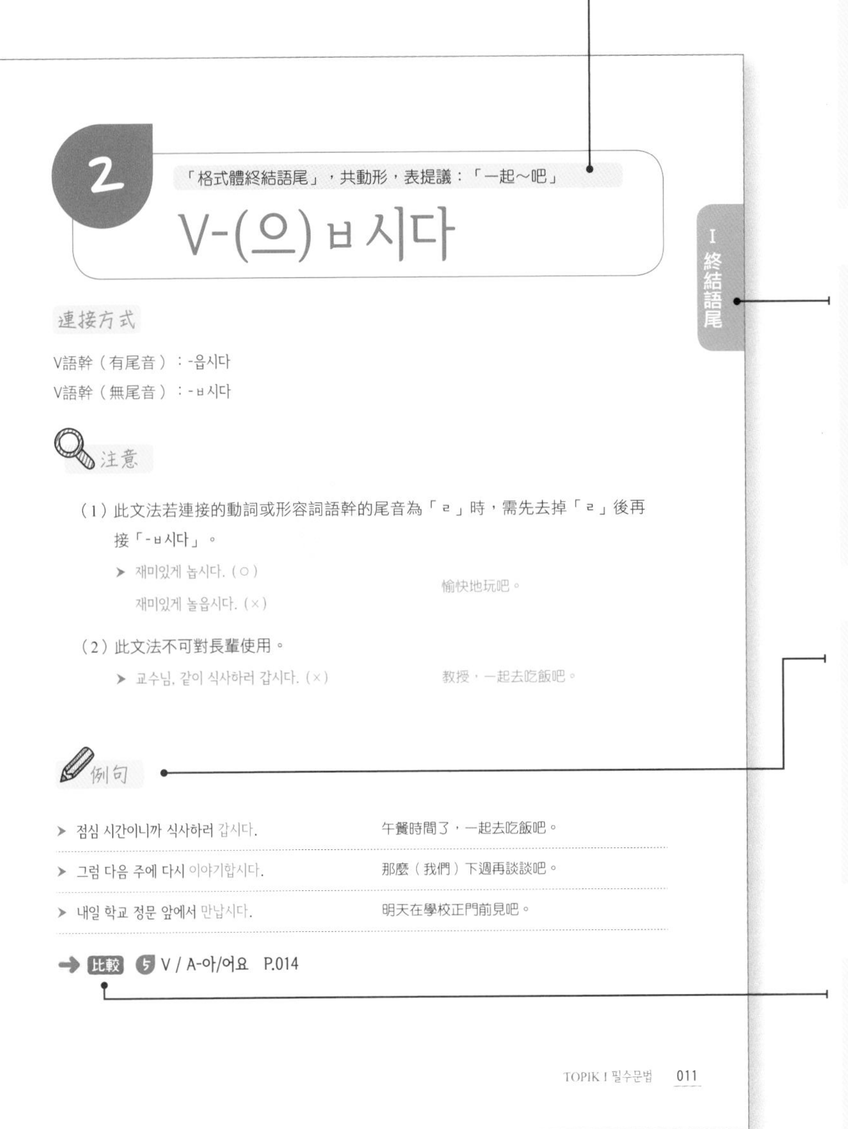

[文法型態及中文意義]

列舉出該文法所屬的型態及其對應的中文意義，有時同一文法可能具有多種不同的涵義，此部分讓您能一眼掌握文法關鍵！

[書側索引]

本書文法按照文法特性，分成「終結語尾」、「助詞」、「連結語尾」、「其他句型」四大類，側邊索引標籤標示對應，讓您方便查詢瀏覽，學習效率更加倍！

[最實用的例句]

列出最道地、最實用、最符合初級程度的生活化例句，並附上中文翻譯，讓您迅速掌握文法要領，輕鬆就能活用文法、理解文法！

[文法比較]

在每一個文法的最後，特別補充與該文法相似或亦混淆的其他文法，並貼心附上書中對應的頁碼可隨時對照，延伸學習鎖定必勝要訣！

目錄

III 連結語尾 연결 어미

目錄

IV 其他句型 기타 문형

V 附錄 부록

I 終結語尾
종결 어미

本篇收錄13個韓語終結語尾。「終結語尾」具有傳達給聽者話語即將結束的功能，是指終結文章方法，其用法有平述形、疑問形、命令形、共動形、感嘆形及約定形，而在韓語中，「時態語尾」與「敬語結尾」也會常使用在「終結語尾」的前面來表現。只要詳讀這13個終結語尾，應試TOPIK I面對語尾問題綽綽有餘！

其中本單元「連接方式」的解說中，「陽性母音」指的是「ㅏ、ㅗ」；「陰性母音」指的是「除了ㅏ、ㅗ以外的母音」，在此特別說明。

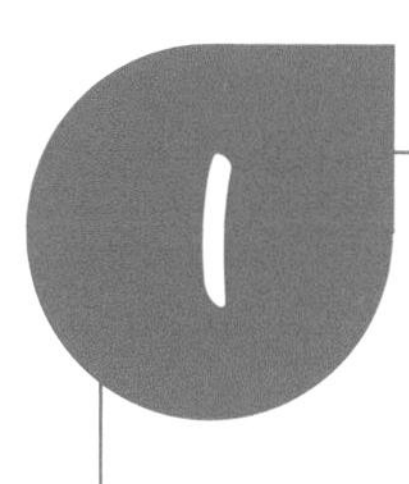

「格式體終結語尾」，平述形、疑問形（現在式）

V / A-습/ㅂ니다
V / A-습/ㅂ니까?

連接方式

V / A 語幹（有尾音）：-습니다/습니까?

V / A 語幹（無尾音）：-ㅂ니다/ㅂ니까?

N이다 : N입니다/입니까?

注意

（1）此文法通常在發表、演說、會議等正式或公開場合上使用。

（2）此文法若連接的動詞或形容詞語幹的尾音為「ㄹ」時，需先去掉「ㄹ」後再接「-ㅂ니다」。

➤ 만듭니다. (○)　　製作。

만들습니다. (×)

例句

➤ 여러분 안녕하십니까? 만나서 반갑습니다.　　大家好，很高興見到各位。

➤ 저는 심심할 때 보통 집에서 드라마를 봅니다.　　我無聊的時候通常會在家看電視劇。

➤ 이번 여름방학에는 친구들과 바다에 놀러 갈 계획입니다.　　這次暑假的時候，我計畫和朋友們去海邊玩。

➜ 比較 ④ V / A-아/어요、V / A-아/어요? P.013

2 「格式體終結語尾」，共動形，表提議：「一起～吧」

V-(으)ㅂ시다

連接方式

V語幹（有尾音）：-읍시다

V語幹（無尾音）：-ㅂ시다

注意

（1）此文法若連接的動詞或形容詞語幹的尾音為「ㄹ」時，需先去掉「ㄹ」後再接「-ㅂ시다」。

➤ 재미있게 놉시다. (○)
재미있게 놀읍시다. (×)
愉快地玩吧。

（2）此文法不可對長輩使用。

➤ 교수님, 같이 식사하러 갑시다. (×) 教授，一起去吃飯吧。

例句

➤ 점심 시간이니까 식사하러 갑시다. 午餐時間了，一起去吃飯吧。

➤ 그럼 다음 주에 다시 이야기합시다. 那麼（我們）下週再談談吧。

➤ 내일 학교 정문 앞에서 만납시다. 明天在學校正門前見吧。

➡ 比較 5 V / A-아/어요 P.014

3 「格式體終結語尾」，命令形：「請～」

V-(으)십시오

連接方式

V語幹（有尾音）：-으십시오

V語幹（無尾音）：-십시오

注意

（1）此文法在如會議、演說、報告等正式的場合，向對方鄭重地命令或建議時使用。

- 여기에 앉으십시오. 請坐這裡。
- 21페이지를 펴십시오. 請打開第21頁。

（2）否定用法為「-지 마십시오」

- 들어가지 마십시오. 請勿進入。

（3）此文法若連接的動詞語幹的尾音為「ㄹ」時，需先去掉「ㄹ」後再接「-십시오」。

- 창문을 여십시오. (○)
창문을 열으십시오. (×) 請打開窗戶。

（4）此文法也使用在慣用的寒暄。

- 안녕히 가십시오. 請慢走。
- 안녕히 주무십시오. 晚安。

例句

- 이름과 주소를 쓰십시오. 請寫名字及住址。
- 오른쪽으로 가십시오. 請往右走。
- 감기 조심하십시오. 請小心（得）感冒。
- 휴대폰을 꺼 주십시오. 請把手機關機。

→ 比較 6 V-(으)세요 P.015

「非格式體終結語尾」，平述形、疑問形（現在式）

V / A-아/어요
V / A-아/어요?

連接方式

V / A 語幹為陽性母音：-아요　　하다類：-해요

V / A 語幹為陰性母音：-어요　　N이다：N이에요/예요

注意

（1）所謂「非格式體」常用在非正式場合，如日常生活中對比較熟悉的對象使用。

- 준수 오빠, 지금 뭐 해요?　　俊秀哥，你現在在做什麼？

（2）此文法也可作為命令句與共動句終結語尾。

- 빨리 가요.　　快點去。
- 천천히 먹어요.　　慢慢吃。
- 우리 같이 봐요.　　我們一起看吧。

例句

- 가 : 지금 뭐 해요?　　現在在做什麼？
나 : 회사에서 일해요.　　在公司上班。
- 저는 한국 음식을 자주 먹어요.　　我常常吃韓國食物。
- 저녁에 집에서 드라마를 봐요.　　晚上在家看電視劇。
- 오늘 날씨가 좋아요.　　今天的天氣好。

比較 I V / A-습/ㅂ니다、V / A-습/ㅂ니까?　P.010

5 「非格式體終結語尾」，共動形：「一起～吧」

V / A-아/어요

連接方式

V語幹為陽性母音：-아요

V語幹為陰性母音：-어요

하다類：-해요

注意

此文法的主語必須使用第一人稱複數「우리」（我們），且若與副詞「같이」（一起）、「함께」（一起）一起使用，其共動意義會更加明確。

- 우리 빨리 가요. 我們快點去吧。
- 우리 천천히 먹어요. 我們慢慢吃吧。

例句

- 우리 같이 내일 비빔밥을 먹으러 가요, 어때요? 我們明天一起去吃拌飯，怎麼樣？
- 수미 씨, 주말에 시간 있으면 같이 영화 보러 가요. 秀美小姐，如果你週末有空，我們一起去看電影吧。
- 우리 저녁에 같이 자전거 타요. 我們晚上一起騎腳踏車吧。

➜ 比較 2 V-(으)ㅂ시다 P.011

表命令、請求：「請～」

V-(으)세요

連接方式

V語幹（有尾音）：-으세요

V語幹（無尾音）：-세요

注意

若連接的動詞語幹的尾音為「ㄹ」時，需先去掉「ㄹ」後再接「-세요」。

➤ 먼저 떡볶이를 만드세요. (○)
먼저 떡볶이를 만들으세요. (×)
首先，請你做辣炒年糕。

例句

➤ 오늘은 약을 먹고 집에서 푹 쉬세요.	今天請你吃完藥，在家好好休息。
➤ 다음에 제주도에 한번 가 보세요.	下次請去一次濟州島看看。
➤ 내일 10시까지 오세요.	明天請你10點前來。

➔ 比較 3 V-(으)십시오 P.012

「確認語尾」，表確認或徵求同意：「～對吧？」

V / A-지요?

連接方式

V / A語幹：-지요?

N이다：N(이)지요?

注意

（1）此語尾使用於向聽話者「確認事實」或「徵求同意」時，因此只限用於「疑問句」。而一般聽話者在回答時，不可使用「-지요」結尾，需使用「-아/어요」。

➤ 가 : 지금 두 시지요? 現在兩點，對吧？
나 : 네, 두 시예요. (○)
네, 두 시지요. (×) 對，兩點。

（2）表已完成或過去事件的內容時使用「-았/었지요?」。

➤ 보고서 다 썼지요? 你把報告書都寫完了，對吧？

➤ 어제 힘들었지요? 你昨天很累，對吧？

（3）表推測時使用「-겠지요?」。

➤ 내일도 비가 오겠지요? 明天也會下雨，對吧？

例句

➤ 마이클 씨는 여동생이 한 명 있지요? 麥可先生有一個妹妹，對吧？

➤ 민수 씨는 그림을 잘 그리지요? 民秀先生，你很會畫畫，對吧？

➤ 수진 씨 전화번호가 546-6739지요? 請問秀珍小姐的電話號碼是546-6739，對吧？

➤ 린다 씨, 우리 다음 주 화요일에 쉬지요? 琳達小姐，我們下週二休息，對吧？

8

表意願：「我想～、我要～」、「你想～嗎？、你要～嗎？」

V-(으)ㄹ래요
V-(으)ㄹ래요?

連接方式

V語幹（有尾音）：-을래요/-을래요?

V語幹（無尾音）：-래요/-래요?

注意

（1）此文法若連接的動詞語幹的尾音為「ㄹ」時，直接接「-래요」。

➤ 오늘 집에서 엄마와 김치를 만들래요. (○)
오늘 집에서 엄마와 김치를 만들을래요. (×)
今天我想要在家和媽媽一起做辛奇（韓國泡菜）。

（2）此文法僅對親近的人使用，若對不熟悉的人或長輩使用會被認為失禮。

➤ 사장님, 뭐 드실래요? (×)
사장님, 뭐 드시겠습니까? (○)
社長，您要吃什麼？

例句

➤ 오늘 피곤해서 저는 집에서 쉴래요. 今天很累，所以我想要在家休息。

➤ 어제는 김치찌개를 먹었으니까 오늘은 비빔밥을 먹을래요. 昨天吃辛奇鍋（韓國泡菜鍋），所以今天我要吃拌飯。

➤ 너 죽을래? 你想死嗎？（電影《我的野蠻女友》經典台詞）

➤ 주말에 만나서 같이 공부할래요? 要不要週末見個面，一起念書？

➜ 比較 9 V-(으)ㄹ게요 P.018
10 V-(으)ㄹ까요? P.019
71 V / A-(으)ㄹ 것이다 P.092

9 表意志、決定或向對方承諾：「我來做～」、「我會～」

V-(으)ㄹ게요

連接方式

V語幹（有尾音）：-을게요

V語幹（無尾音）：-ㄹ게요

注意

此文法為說話者對以後要做的事，表示自己的意志或決定。句子的主語須為「저」（我）、「나」（我）、「우리」（我們）、「저희」（我們），且只能用於陳述句上，不能使用在疑問句。

例句

➤ 이 일을 제가 할게요.	這件事我來做。
➤ 잠깐 창문 좀 열게요.	我把窗戶開一下。
➤ 제가 읽을게요.	我來讀。
➤ 오늘 저녁에 전화할게요.	今天晚上我打給你。

➜ 比較 8 V-(으)ㄹ래요、V-(으)ㄹ래요? P.017
10 V-(으)ㄹ까요? P.019
71 V / A-(으)ㄹ 것이다 P.092

表詢問對方意見做某行為：「要不要做～？」、「做～如何？」

V-(으)ㄹ까요?

連接方式

V語幹（有尾音）：-을까요?

V語幹（無尾音）：-ㄹ까요?

注意

（1）若連接的動詞語幹的尾音為「ㄹ」時，直接接「-까요?」。

➤ 같이 케이크를 만들까요? (○)
같이 케이크를 만들을까요? (×)
要不要一起做蛋糕呢？

（2）此文法只限於疑問句使用。

➤ 가 : 내일 만날까요? 要不要明天見面？
나 : 네, 내일 만나요. (○)
네, 내일 만날까요. (×)
好，明天見吧。

（3）主語為第一人稱單數「나/저」（我）時，需使用命令句回答；主語為第一人稱複數「우리」（我們）時，若要提議，需使用共動句回答；而主語為第三人稱時，則需使用推測形式回答。

➤ 가 : 제가 할까요? 我來做如何？
나 : 네. 민수 씨가 하세요. 好，請民秀先生您來做。

➤ 가 : 우리 같이 불고기를 먹을까요? 我們要不要一起吃韓式烤肉？
나 : 네. 좋아요. 같이 먹어요. 好。一起吃吧。

➤ 가 : 내일 날씨가 어떨까요? 明天天氣會怎麼樣？
나 : 내일은 비가 오고 추울 거예요. 明天（可能）會下雨，也會冷。

- 수미 씨 생일에 친구들하고 같이 파티할까요? 秀美小姐生日的時候要不要和朋友們一起辦派對？
- 다음 달에 한국에 놀러 갈까요? （我們）下個月要不要去韓國玩？
- 닭갈비가 좀 매울까요? 辣炒雞排會有點辣嗎？
- 이번에 우리 팀이 이길까요? （你覺得）這次我們這隊會贏嗎？

➜ 比較 8 V-(으)ㄹ래요、V-(으)ㄹ래요? P.017
9 V-(으)ㄹ게요 P.018
71 V / A-(으)ㄹ 것이다 P.092

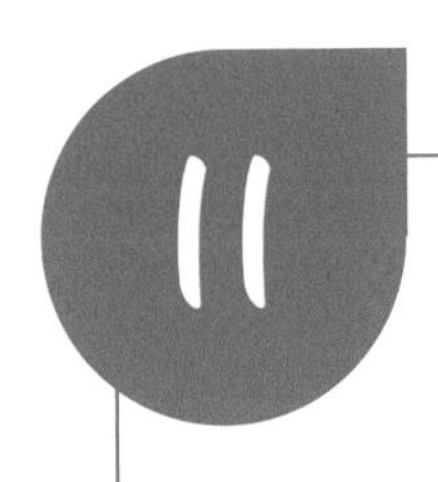

表陳列或補充

V / A-고요

連接方式

V / A語幹：-고요

N이다：N(이)고요

注意

（1）此文法是連接語尾「-고」的終結語尾形。

（2）在前句後接「-고요」時，表達「陳列」，語調要上揚；在後句接「-고요」時，表達「補充」，此時語調下降。口語中也可以發音為[-구요]。

（3）表已完成或過去事件的內容時使用「-았/었고요」。

例句

- 어제 떡볶이를 먹었고요. 김밥도 먹었어요. — 昨天吃了辣炒年糕，也吃了海苔飯捲。
- 어제 한국 음식을 먹었어요. 소주도 많이 마셨고요. — 昨天吃了韓國菜，也喝了很多燒酒。
- 오늘 아침에 비도 많이 왔고요. 바람도 많이 불었어요. — 今天早上下了大雨，風也颳得很大。
- 서울에 가서 경복궁을 구경했어요. 맛있는 음식도 많이 먹었고요. — 去首爾參觀了景福宮，也吃到了很多好吃的食物。

➔ 比較 42 V / A-고 P.060

表感嘆：「～啊！～呢！」

V / A-(는)군요

連接方式

V語幹：-는군요

A語幹：-군요

N이다：N(이)군요

注意

（1）此文法於口語中使用，表達對新得知、新發現、領悟某事實時的感嘆。

➤ 가 : 저도 한국 부산에서 왔어요. 我也來自韓國釜山。
나 : 아, 그렇군요. 啊，原來如此啊。

（2）表已完成或過去事件的內容時使用「-았/었군요」。

➤ 비행기가 이미 도착했군요. 飛機已經到達了啊。

➤ 어제 날씨가 추웠군요. 昨天天氣很冷啊。

（3）表推測時使用「-겠군요」。

➤ 곧 비가 오겠군요. 即將要下雨啊。

例句

➤ 길이 많이 막히는군요. 路上塞車塞得很厲害啊。

➤ 어려운 책을 읽으시는군요. 您讀這麼難的書啊。

➤ 날씨가 정말 좋군요. 天氣真好啊。

➤ 키가 아주 크군요. 個子真高啊。

➡ 比較 ⑬ V / A-네요 P.023

表感嘆：「～啊！～呢！」

V / A-네요

連接方式

V / A語幹：-네요

N이다：N(이)네요

注意

（1）此文法於口語中使用，為說話者從直接經驗中得知、發現、領悟某事，對某事表示感嘆（發話時間與得知或發現的時間點要一致）。

（2）表已完成或過去事件的內容時使用「-았/었네요」。

- 버스가 왔네요. 公車來了啊。
- 여동생이 이전에 아주 예뻤네요. 你妹妹以前很漂亮啊。

（3）表推測時使用「-겠네요」。

- 이 음식은 좀 맵겠네요. 這道菜可能會辣啊。

例句

- 어, 밖에 비가 오네요. 喔，外面下雨了呢。
- 벌써 7시네요. 已經7點了啊。
- 세월 참 빠르네요. 歲月（時間過得）真快啊。
- 어머, 저기 선생님이 오시네요. 哎呀，那裡老師來了啊。

➜ 比較 12 V / A-(는)군요 P.022

MEMO

II 助詞
조사

本篇收錄28個韓語助詞。韓語的「助詞」主要用在名詞、數量詞、副詞、連結語尾或其他助詞之後，以顯示其單字在文章中與其他單字的關係或添加某種意義。助詞可分成給予「格」的「格助詞」，以及添加話者心理態度的「補助詞」。而在韓語表現中，「助詞」即是連接語彙間的「橋樑」，使語彙可以串連起來，成為一個完整的句子。只要熟記本篇28個助詞，文法實力定會更上層樓！

「主格助詞」，表主語，即表文章中某行為的主體或某狀態、性質的對象。

N이/가

連接方式

N（有尾音）：이

N（無尾音）：가

注意

此文法的敬語形為「께서」。

➤ 할머니께서 대구에 사세요. 我奶奶住在大邱。

例句

➤ 한국의 면적이 대만보다 더 큽니다. 韓國的面積比臺灣更大。

➤ 추석에는 달이 참 예뻐요. 中秋節的月亮真漂亮。

➤ 이 의자가 조금 낮아요. 這把椅子有點矮。

➤ 바지가 너무 길어요. 褲子太長了。

比較 15 N께서 P.027
16 N(이)서 P.028

「主格助詞」，表主語（敬語）

N께서

連接方式

N：께서

注意

（1）使用該助詞時，謂語後務必要加「-(으)시-」。

> 아버지께서 술을 좋아하십니다. 父親喜歡酒。

> 사장님께서 아직 안 오셨습니다. 社長還沒來。

（2）可與「은/는」、「도」、「만」等補助詞一起使用。

> 아버지께서는 달리기를 안 좋아하세요. 父親不喜歡跑步。

> 아버지께서도 골프를 좋아하십니다. 父親也喜歡打高爾夫球。

> 아버지께서만 술을 안 좋아하세요. 只有父親不喜歡喝酒。

例句

> 할머니께서 부산에 사세요. 我奶奶住在釜山。

> 할아버지께서는 십 년 전에 돌아가셨습니다. 我爺爺是在十年前過世的。

> 선생님께서 아직 안 오셨어요. 老師還沒來。

> 사장님께서만 지금 자리에 안 계십니다. 現在只有社長不在位子上。

➜ 比較 ⑭ N이/가 P.026
⑯ N(이)서 P.028

「主格助詞」，表主語

N(이)서

連接方式

人數名詞（有尾音）：이서

人數名詞（無尾音）：서

（1）連接在表示人數的名詞後為「主語」，並強調其數量。

（2）以下例子，即使沒使用「서」，都還是可以扮演主語的角色，只是使用「서」有「強調」的作用。

- 오늘 우리 둘이서 청소했어요. 今天我們兩個人來打掃了。
- 혼자서 하는 것보다 여럿이서 하는 게 더 쉬워요. 比起一個人做，幾個人一起做更簡單。
- 네 명이서 함께 요리를 만들었어요. 四個人一起做了料理。
- 몇 명이서 노래를 불렀어요? 是幾個人一起唱了歌呢？

➜ 比較 14 N이/가 P.026
15 N께서 P.027

「目的格助詞」，表賓語（受詞）

N을/를

連接方式

N（有尾音）：을

N（無尾音）：를

注意

（1）此文法後面應使用他動詞（及物動詞）。

➤ 커피를 좋아해요. (○)　喜歡咖啡。
커피를 좋아요. (×)

（2）使用「있다/없다」（有／沒有）這單詞時，常誤用為「N을/를 있다/없다」，這是因華語中視之為動詞的關係，然而在韓語中則視為形容詞，不需受詞，因此應以「N이/가 있다/없다」的形式使用。

➤ 가 : 한국 친구가 있어요?　有韓國朋友嗎？
나 : 아니요, 한국 친구가 없어요.　不，我沒有韓國朋友。

例句

➤ 저번 대만 여행 때 선물을 많이 샀습니다.　上次在臺灣旅行的時候，買了很多禮物。

➤ 저는 야구보다 축구를 더 좋아합니다.　比起棒球，我更喜歡足球。

➤ 아버지께서 술을 너무 많이 드십니다.　我父親酒喝得很多。

➤ 한국어를 배우기 시작했어요.　我開始學韓語了。

18 「冠形格助詞」表所有某對象的主體：「N的」

N의

連接方式

N1의 N2

注意

（1）此文法常用於書寫，在口語裡常被省略。

➤ 회사의 직원 = 회사 직원　　公司的職員（公司職員）

대만의 날씨 = 대만 날씨　　臺灣的天氣（臺灣天氣）

（2）「저의」（我的）常縮寫成「제」；「나의」（我的）常縮寫成「내」。

（3）口語發音為[에]。

➤ 회사의 직원 [회사에 직원]　　公司的職員

➤ 대만의 날씨 [대만에 날씨]　　臺灣的天氣

例句

➤ 회사의 직원들이 많습니까?　　公司的員工很多嗎？

➤ 대만의 겨울도 춥습니다.　　臺灣的冬天也很冷。

➤ 제 (저의) 꿈은 부자가 되는 것입니다.　　我的夢想是成為富翁（有錢人）。

➤ 대만 국민의 교육 수준이 높습니다.　　臺灣國民的教育水準很高。

「副詞格助詞」，表示一起做某行為的對象：「和N一起做V～」

N하고/와/과/(이)랑

連接方式

N：하고

N（有尾音）：과/이랑

N（無尾音）：와/랑

II 助詞

注意

（1）「하고/(이)랑」通常使用在口語表達上；而「와/과」則常使用在書寫上。

- 다음 주에 가족과 함께 유럽으로 여행을 갑니다. 下週要和家人一起去歐洲旅行。
- 저는 지금 부모님과 살고 있습니다. 我現在和父母住在一起。
- 친구들이랑 명동에서 만나기로 했습니다. 和朋友們約好在明洞見面。

（2）表達「與N一起」時，可以選擇性地搭配使用「같이」（一起），但「같이」不可以單獨使用。

- 친구 같이 (×)

  친구하고 같이 (○) 和朋友一起

  친구하고 (○)

（3）「하고」不能用來當作接續副詞。

- 저는 학교에 가요. 그리고 공부해요. (○)

  저는 학교에 가요. 하고 공부해요. (×)

  我去學校學習。

➤ 다음 달에 친구들하고 여행 갈 거예요.	下個月要和朋友們去旅行。
➤ 저는 부모님하고 같이 삽니다.	我和父母一起住。
➤ 민수 씨와 함께 일할 수 있어서 기분이 좋습니다.	很高興能與民秀先生一起工作。
➤ 저는 주말마다 친구랑 만나서 영화를 봐요.	我每個週末都會和朋友見面，一起看電影。
➤ 저는 가족이랑 같이 여행하는 걸 좋아해요.	我喜歡和家人一起旅行。

「副詞格助詞」，表存在的地方：「在N」

N에

連接方式

場所名詞：에

注意

此文法常與表示存在的「있다」（在）、「많다」（多）、「적다」（少）等單字結合，表示人或事物所存在的地方，因此不可與表示動作或行為發生場所所用的助詞「-에서」混淆。

➤ 타이베이는 타이완에 있어요. (○)
타이베이는 타이완에서 있어요. (×)
臺北在臺灣。

例句

➤ 운동장에 학생들이 많이 모여 있어요.	很多學生聚集在運動場。
➤ 회사 옆에 은행이 있어요.	公司旁邊有銀行。
➤ 여기에 뭐가 들어 있어요?	這裡面裝著什麼？
➤ 식당에 사람이 많아서 오래 기다렸어요.	餐廳裡有很多人，所以等了很久

➜ 比較 22 N에서 P.035
27 N(으)로 P.040

「副詞格助詞」，表時間：「N的時候」

N에

連接方式

時間名詞：에

注意

（1）此文法表示某動作或行為、狀況所發生的時間，中文意思為「N（時間名詞）的時候」。

（2）「어제」（昨天）、「오늘」（今天）、「내일」（明天）、「모레」（後天）、「지금」（現在）、「매일」（每天）等單字，後面不加「에」。

例句

- 오전에 수미 씨를 만났어요. 上午和秀美小姐見了面。
- 저는 보통 일요일에 테니스를 치러 가요. 我通常星期日會去打網球。
- 오후 한 시에 친구와 식사를 했어요. 下午一點的時候和朋友吃了飯。
- 어제 도서관에서 한국어를 공부했어요. 昨天在圖書館念了韓語。

「副詞格助詞」，表場所：「在N（做某事）」

N에서

連接方式

場所名詞：에서

注意

（1）此文法後面與動詞結合使用。

➤ 영호가 운동장에서 + 농구를 해요. 英浩在運動場＋打籃球。

➤ 우리 오빠는 호주에서 + 일해요. 我哥哥在澳洲＋工作。

（2）連接表有關存在或停留的「있다/없다」（在 / 不在）時，使用助詞「에」。

➤ 마이클 씨는 지금 도서관에 있어요. 麥可先生現在在圖書館。

例句

➤ 서울식당에서 점심을 먹었어요. 在首爾餐廳吃了午餐。

➤ 마이클 씨는 지금 도서관에서 공부해요. 麥可先生現在在圖書館念書。

➤ 집에서 텔레비전을 볼 거예요. 我會在家看電視。

➤ 린다 씨는 지금 한국에서 대학을 다녀요. 琳達小姐現在在韓國上大學。

➜ 比較 20 N에 P.033
27 N(으)로 P.040

23

「副詞格助詞」，表示某行為的對象：「向～、給～」

N에게/한테

連接方式

N：에게/한테

「한테」通常使用在口語表達上；「에게」則常於書寫上使用。

- 친구에게 전화를 걸었어요. 打了電話給朋友。
- 동생에게 소설책을 선물했어요. 送了小說給弟弟（妹妹）。
- 친구들에게 그 모임 소식을 알려 주었습니다. 向朋友們通知了聚會的消息。

➜ 比較 24 N께 P.037
25 N에게서/한테서 P.038

「副詞格助詞」，表示某行為的對象：「向～、給～」

N께

連接方式

N：께

注意

（1）此文法為「에게」的敬語形。

（2）使用動詞「주다」（給）時，要使用謙讓詞彙「드리다」（呈上、奉上）；使用動詞「묻다」（問）時，要使用謙讓詞彙「여쭈다」（詢問）。

例句

- 부모님께 선물을 드렸어요.　送了禮物給父母。
- 이미 선생님께 말씀 드렸어요.　已經告訴老師了。
- 모르는 것이 있으면 선생님께 여쭤 보세요.　若有不懂的，請向老師請教。

➜ 比較 23 N에게/한테　P.036
25 N에게서/한테서　P.038

Ⅱ 助詞

「副詞格助詞」，表示某行為的出發點：「從～、跟～」

N에게서/한테서

連接方式

N：에게서/한테서

注意

（1）「에게서」通常使用在書寫上；「한테서」則常使用在口語表達上。

（2）若行為的出發點為地方或團體時，需使用「(으)로부터」。

- 회사로부터 연락을 받았습니다. 接到從公司（打來的）連絡電話。
- 부모님에게서 용돈을 받았습니다. 跟父母拿了零用錢。
- 정 선생님에게서 한국어를 배웠습니다. 跟鄭老師學了韓語。
- 친구한테서 생일 선물을 받았어요. 從朋友那邊收到了生日禮物。

→ 比較 23 N에게/한테 P.036
24 N께 P.037

「副詞格助詞」，表示手段及方法：「用N」

N(으)로

連接方式

N（有尾音）：으로

N（無尾音）：로

注意

此文法連接「ㄹ」結尾的名詞時，直接與「-로」結合，如，「연필로」（用鉛筆）、「지하철로」（以地鐵）。

- 버스는 막힐 테니까 지하철로 갑시다. 搭公車會塞車，所以搭地鐵去吧。
- 아이들이 큰 소리로 떠들고 있습니다. 孩子們正在大聲喧嘩。
- 한국인들은 젓가락과 숟가락으로 식사를 합니다. 韓國人通常用筷子和湯匙用餐。

「副詞格助詞」，表方向：「往N」

N(으)로

連接方式

N（有尾音）：으로

N（無尾音）：로

注意

（1）此文法表達目的地時，跟表目的地的助詞「에」常替換使用。但「으로」主要表方向，常與「위」（上面）、「아래」（下面）、「앞」（前）、「뒤」（後）、「동쪽」（東邊）、「서쪽」（西邊）、「남쪽」（南邊）、「북쪽」（北邊）、「왼쪽」（左邊）、「오른쪽」（右邊）、「이쪽」（這邊）、「저쪽」（那邊）、「안」（裡面）、「밖」（外面）等表方位相關的單詞結合，並與表移動的動詞一起使用，如「가다」（去）、「오다」（來）、「들어가다」（進去）、「나가다」（出去）、「올라가다」（上去）、내려가다」（下去）。

➤ 가 : 편의점이 어디에 있어요?　　便利商店在哪裡？
　나 : 오른쪽으로 가세요.　　請往右邊走。

（2）連接「ㄹ」結尾的名詞時，直接與「로」結合，如「서울로」（往首爾）、「브라질로」（往巴西）。

➤ 일본으로 여행을 갔어요.　　去日本旅行了。

➤ 오른쪽으로 가세요.　　請往右邊走。

➤ 서울로 이사 갔어요.　　搬到首爾去了。

➤ 강아지가 밖으로 나갔어요.	小狗跑去外面。
➤ 어느 쪽으로 가야 돼요?	要往哪邊走？
➤ 안으로 들어오세요.	請進來裡面。
➤ 이쪽으로 쭉 가세요.	請往這邊直走。

➜ 比較 20 N에 P.033
22 N에서 P.035

「副詞格助詞」，表比較的對象：「與N比起來、比N」

N보다

連接方式

N：보다 … (더) …

注意

（1）此文法中被比較的對象後面需加「보다」，且「보다」為助詞，因此前面不可空格。

➤ 한국이 대만보다 추워요.（○）
한국이 대만 보다 추워요.（×）
韓國比臺灣冷。

（2）副詞「더」（更）可以選擇性地搭配使用。

➤ 한국이 대만보다 추워요.（○） 韓國比臺灣冷。
한국이 대만보다 더 추워요.（○） 韓國比臺灣更冷。

例句

➤ 저는 제 언니보다 키가 커요. 我比我的姐姐高。

➤ 중국 음식은 한국 음식보다 더 느끼합니다. 中國菜比韓國菜更油膩。

➤ 한국 수박보다 대만 수박이 큽니다. 與韓國西瓜相比，臺灣西瓜更大。

➤ 제 친구보다 제가 한국어를 더 잘합니다. 比起我的朋友，我韓語（說得）更好。

「副詞格助詞」，表比喻：「像N一樣、如N」

N처럼

連接方式

N：처럼

（1）因為中文可直接翻譯為「像」，所以常常被誤認為可以單獨成詞，與前面名詞空格使用，但「처럼」為助詞，因此使用時不可與前面名詞空格。

➤ 연예인처럼 잘생겼어요.（○）
연예인 처럼 잘생겼어요.（×）
像藝人一樣長得帥。

（2）常與「마치」（似乎）一起使用，以強調比喻意義。

➤ 마치 사막처럼 뜨겁습니다.（○）
➤ 사막처럼 뜨겁습니다.（○）
好似沙漠一樣炎熱。

（3）單純想表達「N像N一樣」時，不可使用「N은/는 N처럼이에요」，需使用「N은/는 N 같아요.」。

➤ 선생님은 연예인 같아요.（○）
➤ 선생님은 연예인처럼이에요.（×）
老師像藝人。

Ⅱ 助詞

- 저도 제 언니처럼 예뻤으면 좋겠어요. 我也希望和我的姐姐一樣漂亮。
- 제 남자 친구는 연예인처럼 잘생겼어요. 我的男朋友長得像藝人一樣帥。
- 대만의 높은 산에서도 한국처럼 눈이 옵니다. 臺灣的高山也和韓國一樣會下雪。
- 이곳 날씨는 마치 사막처럼 뜨겁습니다. 這個地方的天氣似乎與沙漠一樣炎熱。

「副詞格助詞」，表某事件或動作開始的時間點：「從N」

N부터

連接方式

N：부터

注意

（1）「부터」為助詞，因此前面不可空白。

➤ 몇 시 부터 (×)
몇 시부터 (○)
從幾點（開始）

（2）「부터」大部分使用於表達「時間範圍」，該說法常與「까지」（到～為止）一起使用；表達「空間範圍」時則使用「에서」，（從～(場所)）。

➤ 집부터 회사까지 (×)
집에서 회사까지 (○)
從家裡到公司

（3）「부터」也可以表達某行為開始的對象，意為「先～」。

➤ 식사하기 전에 손부터 씻으세요. 用餐前，請先洗手。

例句

➤ 점심시간은 열두 시부터 한 시까지입니다. 午餐時間為十二點到一點。

➤ 이번 주말부터 다음 주말까지 한국에 있을 거예요. 從這個週末到下個週末我會在韓國。

➤ 그 영화가 몇 시부터 시작합니까? 那部電影從幾點開始？

➤ 저는 일 년 전부터 한국어를 배우기 시작했습니다. 我從一年前開始學韓語。

「副詞格助詞」，表達時間或空間範圍：「到N」

N까지

連接方式

N：까지

注意

「까지」常與表示開始點的「부터」（從）、「에서」（從）一起使用。若表達「時間範圍」，使用為「N부터/에서 N까지」；若表達「空間範圍」則常使用為「N에서 N까지」。

- 보통 오전 9시부터/에서 오후 6시까지 일합니다. 通常從早上9點工作到下午6點。
- 서울에서 부산까지 기차로 갔어요. 從首爾搭火車去了釜山。

例句

- 금요일부터 일요일까지 여행 갈 거예요. 我從星期五到星期日要去旅行。
- 대만에서 한국까지 몇 시간 걸립니까? 從臺灣到韓國要花幾個小時？
- 지금 어디까지 왔어요? 你現在到哪裡了？
- 오늘은 여기까지 합시다! （我們）今天就（做）到這裡吧！

「補助詞」，表話題、主題、對比或強調

N은/는

連接方式

N（有尾音）：은

N（無尾音）：는

注意

「은/는」不可在助詞「이/가」、「을/를」後面使用，但可用於敬語主格助詞「께서」的後面。

- 오늘 저녁밥은 카레라이스예요.（○） 今天的晚餐是咖哩飯。
  오늘 저녁밥이는 카레라이스예요.（×）
- 어머니께서는 카레를 안 좋아하세요.（○） 母親不喜歡咖哩。

例句

- 오늘 저녁밥은 카레라이스예요. 今天的晚餐是咖哩飯。
- 내년 여행은 일본에 가기로 했어요. 明年旅行決定要去日本了。
- 한국에서는 쇠젓가락을 쓰고, 대만에서는 나무젓가락을 씁니다. 韓國使用鐵筷子，而臺灣使用木筷子。
- 올해는 시험을 잘 못 봤지만, 내년에는 더 잘 볼 거예요. 雖然今年考試考得不太好，但明年會考得更好的。

33

「補助詞」，表包含、添加：「N也」

N도

連接方式

N：도

注意

（1）「도」使用於包含或添加的對象後面。

➤ 언니는 한국 음식을 좋아합니다. 저도 한국 음식을 좋아합니다.
我姐姐喜歡韓國菜，我也喜歡韓國菜。
（在此說明包含添加的對象為「저」(我)）

➤ 저는 일본 음식을 좋아합니다. 한국 음식도 좋아합니다.
我喜歡吃日本菜，也喜歡吃韓國菜。
（在此說明包含添加的對象為「한국 음식」(韓國菜)）

（2）「도」不可以副詞形式使用。

➤ 가 : 한국 음식도 좋아해요?
韓國菜你也喜歡嗎？

나 : 네, 한국 음식도 좋아해요. (○)
네, 도 좋아해요. (×)
對，韓國菜（我）也喜歡。

（3）「도」不可在助詞「은/는」、「이/가」、「을/를」後面使用，但可與表敬語的助詞「께서」一起使用。

➤ 한국 음식도 좋아합니다. (○)
한국 음식을도 좋아합니다. (×)
韓國菜（我）也喜歡。

➤ 할머니께서도 커피를 좋아하십니다. (○)
奶奶也喜歡咖啡。

➤ 저도 일본 음식을 좋아합니다. （別人喜歡日本菜）我也喜歡日本菜。

➤ 저는 한국 음식도 좋아합니다. （我喜歡別的菜）我也喜歡韓國菜。

➤ 아버지께서 지난 주말에도 출근하셨습니다. 我父親上個週末也有去上班。

➤ 한국에서도 망고를 살 수 있습니다. 在韓國也買得到芒果。

「補助詞」，表限定、限制範圍：「只有～」

N만

連接方式

N：만

注意

（1）「만」為助詞，因此前面不可空格。

（2）「만」不可在助詞「은/는」、「이/가」、「을/를」後面使用，但敬語助詞「께서」後面可以使用。

➤ 한국 음식만 좋아합니다. (○)
한국 음식을만 좋아합니다. (×)　　我只喜歡韓國菜。

➤ 할머니께서만 한국 음식을 싫어하십니다. (○)　　只有奶奶不喜歡韓國菜。

（3）「만」使用於被限制的對象後面。

➤ 저만 한국 음식을 좋아합니다.　　只有我喜歡韓國菜。

➤ 저는 한국 음식만 좋아합니다.　　我只喜歡韓國菜。

例句

➤ 한국 사람들만 김치를 좋아합니까?　　只有韓國人喜歡辛奇（韓國泡菜）嗎？

➤ 이전에는 아침에 커피만 마셨습니다.　　我以前早上只喝咖啡。

➤ 저는 주말에만 술을 마십니다.　　我只有在週末喝酒。

➤ 저는 집에서만 밥을 먹습니다.　　我只在家裡吃飯。

➜ 比較 36 N밖에 P.052

「補助詞」，表全部、在一定時間內反覆發生某動作：「各個N、每個N」

N마다

連接方式

N：마다

注意

此文法也表示在一定時間內反覆發生某狀況。

➤ 가 : 지하철이 몇 분마다 와요? 地鐵每幾分鐘一班？

나 : 5분마다 와요. 每5分鐘一班。

例句

➤ 어머니께서 날마다 달리기를 하십니다. 我母親天天跑步。

➤ 요즘은 밤마다 잠을 잘 못 잡니다. 最近每天晚上都睡不好。

➤ 사람마다 성격이 다 다릅니다. 每個人的個性都不一樣。

➤ 집집마다 모두 인터넷이 있습니다. 家家戶戶都有網路。

36

「補助詞」，表排他：「除N之外都～、只有N～」

N밖에

連接方式

N：밖에

注意

（1）「밖에」後面必須接否定形，如「안」、「못」、「없다」等，呈現比「N만」更加強調的語感。

（2）此文法比「N만」更加強調的語感。

➤ 천 원밖에 없어요. (○)　　我只有一千元而已。

천 원밖에 있어요. (×)

例句

➤ 지금 돈이 조금밖에 없어요.	現在只有一點點錢而已。
➤ 제 마음 속에는 당신밖에 없습니다!	我心裡只有你！
➤ 우리 아버지는 일밖에 모르세요.	我父親除了工作外其他都不管（我父親只知道工作）。
➤ 오늘 파티에 한 사람밖에 안 왔습니다.	今天的派對只來了一個人而已。

➜ 比較 34 N만 P.050

「補助詞」，表數量或分量比預期的多：「整整N」

N(이)나

連接方式

N（有尾音）：이나

N（無尾音）：나

此文法後面需使用「-하다」、「-되다」或其他動詞，但不可接「이다」。

➤ 저 가방이 백만 원이나 합니다. (○)

저 가방이 백만 원이나입니다. (×)

那個包包整整一百萬元。

➤ 어젯밤에 맥주를 스무 병이나 마셨어요. 昨晚喝了整整二十瓶啤酒。

➤ 매일 계란을 열 개나 먹습니다. 每天吃整整十顆雞蛋。

➤ 저 여행 가방은 백만 원이나 합니다. 那個行李箱整整一百萬元。

➤ 오늘 달리기를 다섯 시간이나 했습니다. 今天跑了整整五個小時。

Ⅱ 助詞

38

「接續助詞」，表列舉兩個以上的人、事、物：「N和」

N하고

連接方式

N1하고 N2（N1和N2）

例句

- 과일하고 채소를 많이 먹어야 돼요. 應該要多吃水果和蔬菜。
- 이곳에서는 옷하고 신발을 모두 판매합니다. 在這裡衣服和鞋子都賣。
- 편의점에서 음료수하고 과자하고 아이스크림을 샀습니다. 在便利商店買了飲料和餅乾和冰淇淋。
- 이번 휴가 때 영국하고 프랑스에 여행을 가려고 합니다. 這次休假時打算去英國跟法國旅行。

➜ 比較 19 N하고/와/과/(이)랑 P.031
39 N와/과 P.055
40 N(이)랑 P.056

「接續助詞」，表列舉兩個以上的人、事、物：「N與」

N와/과

連接方式

N（有尾音）：과

N（無尾音）：와

N1와/과 N2（N1和N2）

注意

此文法與「하고」（和）大致相同，差異在於此文法較常使用於「書寫或正式場合」。

- 대만과 한국은 비슷한 점이 많습니다. 臺灣與韓國有許多相似的地方（點）。
- 과일과 채소는 건강에 좋습니다. 水果與蔬菜對健康有益。

例句

- 가게에서 우유와 빵을 샀어요. 在商店買了牛奶和麵包。
- 한국어에서 '서점'과 '책방'은 같은 의미입니다. 在韓語裡「書店」與「冊房」是相同的意思。
- 다음 달부터 택시와 지하철 요금이 오를 것입니다. 從下個月起，計程車與地鐵費會漲價。

➜ 比較 19 N하고/와/과/(이)랑 P.031
38 N하고 P.054
40 N(이)랑 P.056

「接續助詞」，表列舉數個人、事、物：「N和」

N(이)랑

連接方式

N（有尾音）：이랑

N（無尾音）：랑

N1(이)랑 N2（N1和N2）

注意

此文法與「하고」（和）大致相同，差異在於此文法較常使用於「口語表達」。

- 아침에 빵이랑 우유를 먹어요.
- 아침에 빵하고 우유를 먹어요.

早上吃麵包和牛奶。

例句

- 내일이 친구 생일이라서 케이크랑 선물을 사야 돼요. 明天是朋友的生日，所以得買蛋糕和禮物。
- 비빔밥이랑 김치찌개 주세요! 請給我拌飯和辛奇鍋（韓國泡菜鍋）！
- 린다랑 영수가 학교에 안 왔어요. 琳達和英秀沒有來學校。

➜ 比較 19 N하고/와/과/(이)랑 P.031
38 N하고 P.054
39 N와/과 P.055

「接續助詞」，表前後名詞之間的選擇：「N1或N2」

N1(이)나 N2

連接方式

N（有尾音）：이나

N（無尾音）：나

注意

若使用動詞或形容詞表達選擇時，應使用「-거나」（或）。

➤ 주말에는 집에서 쉬거나 영화를 봅니다.　週末我在家休息，或是看電影。

例句

➤ 아침마다 우유나 두유를 마십니다.　每天早上都喝牛奶或豆漿。

➤ 편의점에서도 책이나 잡지를 팔아요?　便利商店也賣書或雜誌嗎？

➤ 내일 오후 한 시나 두 시에 오세요.　請您在明天下午一點或二點過來。

➤ 저는 공원이나 학교 운동장에서 달리기 합니다.　我在公園或學校運動場跑步。

➜ 比較 48 V / A-거나　P.067

MEMO

連結語尾
연결 어미

本篇收錄14個韓語連結語尾。相較於串連語彙及語彙的助詞，「連結語尾」為連接二個以上的句子、單語或語幹成為一個句子的連接詞。只要搞懂本篇14個連結語尾，不僅幫助您檢定考試輕鬆過關，活用文法的同時亦增進寫作實力！

其中本單元「連接方式」的解說中，「陽性母音」指的是「ㅏ、ㅗ」；「陰性母音」指的是「除了ㅏ、ㅗ以外的母音」，在此特別說明。

表陳列：「而且～、還有～」

V / A-고

連接方式

現在：V/A-고	N이다：N(이)고
過去：V/A-았/었고	N이었/였고
未來：V/A-겠고	N(이)겠고

注意

此文法連接的前句與後句主語不同時，前後句的時態可以不一致。

- 어제는 비가 왔고 오늘은 맑습니다. 昨天下了雨，今天（天氣）晴朗。

例句

- 오늘은 날씨가 좋고 따뜻합니다. 今天天氣好，而且很溫暖。
- 가방이 싸고 가볍습니다. 包包很便宜，而且很輕。
- 내일 서울은 맑겠고 부산은 비가 오겠습니다. 明天首爾（天氣）晴朗，釜山會下雨。
- 여기는 식당이고 저기는 병원이에요. 這裡是餐廳，那裡是醫院。

→ 比較 11 V / A-고요 P.021

表順序：「～然後～」

V-고

連接方式

V語幹：-고

注意

（1）此文法連接的前句與後句，主語要相同。

➤ 저는 세수를 하고 (저는) 밥을 먹어요. (○)　　我洗完臉然後吃飯。

저는 세수를 하고 동생이 밥을 먹어요. (×)

（2）此文法前句不可與時態「-았/었-」、「-겠-」結合。

➤ 어제 한국어를 공부하고 숙제를 했어요. (○)　　昨天念了韓文然後寫了作業。

어제 한국어를 공부했고 숙제를 했어요. (×)

例句

➤ 저는 보통 집에서 아침을 먹고 회사에 가요.　　我平常在家吃完早餐，然後去公司。

➤ 손을 씻고 밥을 먹습니다.　　洗完手，然後吃飯。

➤ 영화를 보고 저녁도 같이 먹을까요?　　看完電影，晚餐也要一起吃嗎？

➡ 比較 46 V-아/어서 P.065

表相反、轉折：「雖然~但是~」

V / A-지만

連接方式

V / A語幹：-지만

N이다：N(이)지만

注意

此文法連接的前句可與時態「-았/었-」、「-겠-」結合。

- 어제 한국어를 공부했지만 숙제를 못 했어요. 雖然昨天念了韓文，但是沒有寫作業。
- 유학 생활이 힘들겠지만 꼭 갈 거예요. 雖然留學生活會辛苦，但是一定要去。

例句

- 한국어는 어렵지만 재미있습니다. 雖然韓語很難，但是很有趣。
- 옷이 예쁘지만 비쌉니다. 雖然衣服很漂亮，但是很貴。
- 어제는 비가 왔지만 오늘은 비가 안 옵니다. 雖然昨天下了雨，但是今天不會下雨。
- 저는 김치를 먹지만 동생은 안 먹습니다. 雖然我吃辛奇（韓國泡菜），但是弟弟（妹妹）不吃。
- 마이클 씨는 미국 사람이지만 한국말을 잘해요. 雖然麥可先生是美國人，但是很會講韓語。

➜ 比較 49 V / A-는/(으)ㄴ데 P.068

表原因：「因為～所以～」

V / A-아/어서

連接方式

V / A語幹為陽性母音：-아서

V / A語幹為陰性母音：-어서

하다類：-해서

N이다：N이어서/여서 或 N(이)라서

注意

（1）此文法連接的後句不可使用命令句、共動句，若後句為命令句、共動句，此時應使用「-(으)니까」句型。

➤ 오늘은 바쁘니까 내일 다시 전화해 주세요. (○)
오늘은 바빠서 내일 다시 전화해 주세요. (×)
因為今天很忙，所以請明天再打電話給我。

➤ 그 식당은 머니까 가지 맙시다. (○)
그 식당은 멀어서 가지 맙시다. (×)
因為那家餐廳很遠，所以我們別去吧。

（2）不可與時態「-았/었-」、「-겠-」結合。

➤ 밥이 너무 맛있어서 두 그릇을 먹었습니다. (○)
밥이 너무 맛있었어서 두 그릇을 먹었습니다. (×)
因為飯太好吃了，所以吃了兩碗。

➤ 내일 집에 손님이 와서 청소를 할 거예요. (○)
내일 집에 손님이 오겠어서 청소를 할 거예요. (×)
因為明天家裡客人要來，所以要打掃。

- 모자가 너무 비싸서 안 샀습니다. 因為帽子太貴，所以沒買。
- 감기에 걸려서 병원에 갑니다. 因為得了感冒，所以去醫院。
- 바람이 많이 불어서 등산을 안 갈 겁니다. 因為風颳得太大，所以不會去爬山。

47 V / A-(으)니까 P.066
77 V / A-기 때문에 P.099

表動作順序：「～然後～」

V-아/어서

連接方式

V語幹為陽性母音：-아서　　　하다類：-해서

V語幹為陰性母音：-어서　　　N이다：N이어서/여서 或 N(이)라서

注意

（1）此文法連接的前句與後句，主語要相同。

➤ 저는 친구를 만나서 (같이) 쇼핑을 했습니다. (○)　我和朋友見面，（和他一起）逛了街。

저는 친구를 만나서 동생은 쇼핑을 했습니다. (×)

（2）不可與時態「-았/었-」「-겠-」結合。

➤ 어제 학교에 가서 수업을 들었습니다. (○)　昨天去學校聽了課。

어제 학교에 갔어서 수업을 들었습니다. (×)

（3）前句與後句的動作需有連貫性，即前句的動作為後句動作發生的前提。

➤ 저는 세수를 해서 밥을 먹어요. (×)　→ 洗臉和吃飯沒有連貫性。

➤ 내일 백화점에 가서 (백화점에서) 쇼핑을 할 거예요. (○)　明天去百貨公司，要購物。→ 去百貨公司之後在百貨公司購物，有連貫性。

例句

➤ 어제 집에서 김치찌개를 만들어서 먹었습니다.　昨天在家做了辛奇鍋（韓國泡菜鍋）吃。

➤ 친구를 만나서 같이 영화를 봤습니다.　我和朋友見了面，然後一起看了電影。

➤ 다음 주에 한국에 가서 콘서트를 볼 겁니다.　下週我會去韓國看演唱會。

比較 43 V-고 P.061

表原因：「因為～所以～」

V / A-(으)니까

連接方式

V / A語幹（有尾音）：-으니까

V / A語幹（無尾音）：-니까

N이다：N(이)니까

注意

（1）此文法若連接的動詞或形容詞語幹的尾音為「ㄹ」，需先去掉「ㄹ」後再接「니까」。

➤ 지금 싸게 파니까 빨리 가서 사세요. (○)
지금 싸게 팔으니까 빨리 가서 사세요. (×)
因為現在賣得很便宜，所以請趕快去買吧。

（2）可與時態「-았/었-」、「-겠-」結合。

➤ 어제 비빔밥을 먹었으니까 오늘은 불고기를 먹읍시다.
因為昨天吃了拌飯，所以今天一起吃韓式烤肉吧。

例句

➤ 다음 주에 시험이 있으니까 열심히 공부하세요. 因為下週有考試，所以請您好好念書。

➤ 밖에 비가 오니까 우산을 가지고 가세요. 因為外面下雨了，所以請您帶雨傘去。

➤ 시간이 없으니까 택시를 타고 갑시다. 因為沒時間了，所以我們搭計程車去吧。

比較 45 V / A-아/어서 P.063
77 V / A-기 때문에 P.099

表選擇：「～或者～」

V / A-거나

連接方式

V / A語幹：-거나

注意

（1）此文法不可與時態「-았/었-」、「-겠-」結合。

➤ 이번 주말에는 운동을 하거나 공원에 산책을 가겠어요. (○)

이번 주말에는 운동을 하겠거나 공원에 산책을 가겠어요. (×)

這個週末我要運動或者去公園散步。

（2）表達兩個以上的名詞之間的選擇時，應使用「N1(이)나 N2」。

➤ 아침마다 우유나 두유를 마십니다. 每個早上都喝牛奶或豆漿。

例句

➤ 시간이 있을 때 보통 쇼핑을 하거나 운동을 합니다. 有空的時候，我通常會購物或運動。

➤ 주말에는 집에서 쉬거나 영화를 봅니다. 週末我會在家休息，或者看電影。

➤ 공원에는 산책을 하거나 조깅을 하는 사람이 많습니다. 公園裡有很多散步或是慢跑的人。

➤ 영호는 맵거나 짠 음식을 좋아해요. 英浩喜歡吃辣或鹹的食物。

➡ 比較 41 N1(이)나 N2 P.057

表對照、轉折：「～但～」

V / A-는/(으)ㄴ데

連接方式

V語幹：-는데

A語幹（有尾音）：-은데

A語幹（無尾音）：-ㄴ데

N이다：N인데

過去：V / A語幹 -았/었는데

N이었/였는데

注意

（1）若連接的動詞語幹的尾音為「ㄹ」時，需先去掉「ㄹ」後再接「-는데」。

➤ 만들는데（×）/ 만드는데（○）

（2）若連接的形容詞語幹的尾音為「ㄹ」時，需先去掉「ㄹ」後再接「-ㄴ데」。

➤ 길은데（×）/ 긴데（○）

（3）單字「있다/없다」與「-는데」結合使用。

➤ 재미있은데（×）/ 재미있는데（○）

➤ 맛있은데（×）/ 맛있는데（○）

例句

➤ 사과는 싼데 배는 좀 비싸네요. 蘋果很便宜，而梨子稍微貴一些呢。

➤ 저는 키가 작은데 동생은 키가 큽니다. 我個子矮，但弟弟（妹妹）個子高。

➤ 저 가수는 춤은 잘 추는데 노래는 잘 못해요. 雖然那位歌手很會跳舞，但不太會唱歌。

➤ 열심히 공부를 했는데 성적이 별로 좋지 않아요. 認真唸了書，但成績不太好。

➡ 比較 44 V / A-지만 P.062

表敘述背景

V / A-는/(으)ㄴ데

連接方式

V語幹：-는데

A語幹（有尾音）：-은데

A語幹（無尾音）：-ㄴ데

N이다：N인데

過去：V / A語幹 -았/었는데

N이었/였는데

注意

（1）此文法常用在命令句與共動句，以及提問的時候。

（2）若連接的動詞語幹的尾音為「ㄹ」時，需先去掉「ㄹ」後再接「-는데」。

➤ 만들는데 (×) / 만드는데 (○)

（3）若連接的形容詞語幹的尾音為「ㄹ」時，需先去掉「ㄹ」後再接「-ㄴ데」。

➤ 길은데 (×) / 긴데 (○)

（4）「있다/없다」接「-는데」。

➤ 재미있은데 (×) / 재미있는데 (○)

➤ 맛있은데 (×) / 맛있는데 (○)

例句

➤ 오늘 지갑을 안 가져왔는데, 돈 좀 빌려 주시겠어요? 今天沒帶錢包，您可以借我錢嗎？

➤ 할 이야기가 있는데, 혹시 시간 괜찮으세요? 我有事想和您談談，時間上方便嗎？

➤ 머리가 아픈데, 약 좀 주세요. 頭痛，請給我藥。

➤ 내일이 휴일인데 같이 놀러 갑시다. 明天休假，（我們）一起出去玩吧。

表目的：「為了做～」

V-(으)러

V語幹（有尾音）：-으러

V語幹（無尾音）：-러

注意

（1）「-(으)러」的後句只能接「가다」（去）、「오다」（來）、「다니다」（來往）等表示移動的動詞。

➤ 한국어를 배우러 학원에 다녀요. (○) 我為了學韓語，上補習班。

한국어를 배우러 드라마를 봐요. (×)

（2）若連接的動詞語幹的尾音為「ㄹ」時，直接接「러」。

➤ 친구 집에 놀러 가요. (○) 我去朋友家玩。

친구 집에 놀으러 가요. (×)

➤ 저는 내년에 한국어를 배우러 한국에 유학을 갑니다. 為了學韓語，我明年會去韓國留學。

➤ 오후에 은행에 돈을 찾으러 갔습니다. 下午去銀行領了錢。

➤ 시간 있으면 내일 오후에 차 마시러 올래요? 如果有空，明天下午來喝茶好嗎？

➤ 세종 학원에 한국어를 배우러 다닙니다. 我去世宗補習班學韓語。

➔ 比較 52 V-(으)려고 P.071

表目的：「為了做～」

V-(으)려고

連接方式

V語幹（有尾音）：-으려고

V語幹（無尾音）：-려고

注意

（1）若連接的動詞語幹的尾音為「ㄹ」時，需先去掉「ㄹ」後再接「-려고」。

➤ 친구하고 놀려고 전화했어요. (○)
친구하고 놀으려고 전화했어요. (×)
為了和朋友玩，打了電話。

（2）後句要使用動詞。

➤ 영화를 보려고 표를 샀어요. (○) 為了看電影，買了票。
영화를 보려고 시간이 많아요. (×)

（3）可以使用為終結形，如「-(으)려고요.」。

➤ 가 : 왜 고기를 샀어요? 為什麼買了肉？
나 : 불고기를 만들려고요. 為了做韓式烤肉。（所以買了肉）
= 불고기를 만들려고 (고기를 샀어요.)

例句

➤ 한국 회사에 취직하려고 한국어를 공부합니다. 為了在韓國公司上班，而學韓語。

➤ 말하기 연습을 하려고 한국 친구와 자주 이야기합니다. 為了練習口說，常常和韓國朋友聊天。

➤ 불고기를 만들려고 소고기를 사 왔습니다. 為了做韓式烤肉，買了牛肉來。

➜ 比較 51 V-(으)러 P.070

Ⅲ 連結語尾

表同時：「一邊～一邊～」

V-(으)면서

連接方式

V語幹（有尾音）：-으면서

V語幹（無尾音）：-면서

注意

（1）前句與後句的主語要相同。

➤ 저는 드라마를 보면서 (저는) 밥을 먹습니다. (○)　我一邊看電視劇，一邊吃飯。

저는 드라마를 보면서 친구는 밥을 먹습니다. (×)

（2）若連接的動詞語幹的尾音為「ㄹ」時，直接接「-면서」。

➤ 친구와 놀면서 이야기를 했어요. (○)

친구와 놀으면서 이야기를 했어요. (×)

一邊和朋友玩，一邊聊了天。

例句

➤ 저는 보통 음악을 들으면서 공부를 합니다.　我平常一邊聽音樂，一邊念書。

➤ 오늘 바빠서 햄버거를 먹으면서 일을 했습니다.　今天很忙，所以邊吃漢堡邊工作了。

➤ 주말에는 집에서 쉬면서 드라마를 볼 거예요.　週末我要在家邊休息，邊看電視劇。

表條件、假設：「如果～、～的話」

V / A-(으)면

連接方式

V / A語幹（有尾音）：-으면

V / A語幹（無尾音）：-면

N이다：N(이)면

注意

此文法若連接的動詞或形容詞語幹的尾音為「ㄹ」時，直接接「면」。

➤ 주말에 같이 바닷가에 가서 놀면 어떨까요? (○)
주말에 같이 바닷가에 가서 놀으면 어떨까요? (×)
如果週末一起去海邊玩，覺得如何呢？

例句

➤ 돈이 많으면 여행을 가고 싶습니다. 如果我有很多錢，想去旅行。

➤ 내일 날씨가 좋으면 소풍을 갈 겁니다. 如果明天天氣好，我要去踏青。

➤ 이 옷은 인터넷에서 주문하면 더 쌉니다. 這件衣服，如果在網路上訂購，會更便宜。

「副詞形語尾」：「A地V」、「V得A」

A-게

連接方式

A語幹：-게

注意

此文法用來把形容詞轉換成副詞，以修飾後面動詞，因此以「A게 + 動詞」形式使用。

- 급하게 뛰어가요. 急忙地跑。
- 미영은 옷을 예쁘게 입어요. 美英衣服穿得漂亮。
- 싸게 샀어요. 買得便宜。
- 맛있게 먹었어요. 吃得津津有味。

例句

- 도서관에서는 크게 말하면 안 됩니다. 圖書館裡不能大聲講話。
- 날씨가 더워서 머리를 짧게 잘랐습니다. 天氣熱，所以頭髮剪短了。
- 저는 드라마로 한국어를 재미있게 공부합니다. 我利用電視劇有趣地學韓語。

IV 其他句型
기타 문형

本篇作者群嚴選出39個TOPIK I考前必讀之其他文法與句型，如各種型態的否定用法、各種時態的冠形詞用法等。最精華收錄的39個其他文法與句型，幫您抓出重點文法，備戰檢定考試零疏漏！

其中本單元「連接方式」的解說中，「陽性母音」指的是「ㅏ、ㅗ」；「陰性母音」指的是「除了ㅏ、ㅗ以外的母音」，在此特別說明。

「過去形語尾」，表已完成的動作或狀態：「已經（以前）～了」

V / A-았/었-

連接方式

V / A語幹為陽性母音：-았-

V / A語幹為陰性母音：-었-

N이다：N이었/였-

하다類：-했-

注意

使用範圍：

（1）表示某一行為或狀況比發話時間早發生時。

➤ 아침에 빵과 우유를 먹었어요. 早上吃了麵包和牛奶。

➤ 어제 기분이 무척 안 좋았어요. 昨天心情很不好。

➤ 오빠는 이전에 선생님이었어요. 哥哥以前是老師。

（2）表示某一行為或狀況在過去發生，且其結果維持到現在。

➤ 아침에 큰 눈이 내렸어요. 早上下了很大的雪。

➤ 민수가 대학교에 합격했어요. 民秀考上大學了。

（3）表示某行為發生時間與發話時間一致時（現在完成）。

➤ 버스가 방금 도착했어요. 公車剛到了。

「未來形語尾」，表意志或推測：
「我要～、我會～」、「（可能、應該）會～」

V / A-겠-

連接方式

V / A語幹：-겠-

N이다：N(이)겠-

注意

（1）此文法表「意志、意圖、意願」時，主語需使用第一人稱，且通常其意願內容會考慮到聽話者。

- 이 일은 제가 준비하겠습니다. 這件事情由我來準備。
- 다음 주에 숙제를 꼭 내겠습니다. 我下週一定會交作業。

（2）表示即將要發生某事情，主語需使用第三人稱。

- 오늘은 날씨가 맑겠습니다. 今天的天氣會晴朗。

（3）此文法表「推測」時，主語需使用第三人稱，且應依照發話當時的某情況，並與聽話者共享某資訊下，進行推測。（表達過去推測時使用「-았/었겠-」）。

- 와, 장학금을 탔어요? 정말 기쁘겠어요. 哇，拿到獎學金了嗎？你應該很開心吧。
- 지난주 여행이 재미있었겠어요. 上週的旅行應該很好玩吧。

（4）說話者委婉表達某事情或狀態會發生時使用。

- 잘 알겠습니다. 了解了。
- 아직 잘 모르겠습니다. 還不太清楚。

（5）慣用表現。

- 말씀 좀 묻겠습니다. 請問一下。
- 잘 먹겠습니다. 我要開動了。
- 처음 뵙겠습니다. （初次見面）幸會。

➜ 比較 71 V / A-(으)ㄹ 것이다 P.092

「主體敬語法」，表達主語（為長輩時）的行為或狀態的恭敬用法

V / A -(으)시-

連接方式

V / A語幹（有尾音）：-으시-

V / A語幹（無尾音）：-시-

N이다：N(이)시-

注意

（1）此文法常與敬語的主格助詞「-께서」一起使用，以示敬語的一致。

（2）此文法若連接「ㄹ」結尾的語幹，會產生脫落現象，需先去掉「ㄹ」後，再接「시」。

- 살다（活、居住）→ 사시다
- 열다（開）→ 여시다
- 만들다（製作）→ 만드시다

（3）此文法表有關存在、停留的「있다」（在）、「없다」（不在）時，應使用「계시다, 안 계시다」；表有關擁有的「있다」（有）、「없다」（沒有）時，則使用「있으시다, 없으시다」。

例句

- 아버지께서 고향에 내려가셨습니다. 　父親下鄉去了（回故鄉了）。
- 할머니께서는 지금 부산에 사십니다. 　奶奶現在住在釜山。
- 사장님께서 지금 사무실에 안 계십니다. 　社長現在不在辦公室。
- 혹시 지금 시간이 있으세요? 　請問現在有空嗎？

否定：「不是～」

N이/가 아니다

連接方式

N語幹（有尾音）：이 아니다

N語幹（無尾音）：가 아니다

注意

此文法的格式體為「이/가 아닙니다」；非格式體為「이/가 아니에요」。表達「不是N1，而是N2」時，可以使用「N1이/가 아니라 N2이다」或「N1이/가 아니고 N2이다」。

例句

- 저는 중국 사람이 아니에요. 대만 사람이에요. 我不是中國人。是臺灣人。
- 제 고향은 대구가 아닙니다. 부산입니다. 我的故鄉不是大邱。是釜山。
- 저는 학생이 아니라 선생님이에요. 我不是學生，而是老師。
- 저기는 도서관이 아니고 우체국이에요. 那裡不是圖書館，而是郵局。

60

「否定副詞」，表意志否定、狀態否定：「不、沒」

안 + V/A

(1) 若與動詞使用時，表「意志否定」；與形容詞使用時，表「單純否定」。

➤ 나는 고기를 안 먹어요. 我不吃肉。

➤ 요즘 안 바빠요. 最近不忙。

(2)「있다」(有、在)的否定為「없다」(沒有、不在)，而不是「안 있다」；「알다」(知道)的否定為「모르다」(不知道)，而不是「안 알다」。

➤ 집에 안 있어요. (×)
집에 없어요. (○) 不在家。

➤ 안 알아요. (×)
몰라요. (○) 不知道。

(3) 若表達「無法、不能」時，使用能力否定副詞「못」。

➤ 비가 너무 많이 와서 여행을 못 갔어요. 因為雨下得太大，所以無法去旅行。

(4)「N하다」的否定為「N-을/를 안 하다」。

(5) 長形否定型式為「-지 않다」，常用在書寫上。

➤ 조금도 무섭지 않습니다. 一點都不害怕。

> 한국은 여름에 안 더워요?　韓國夏天不熱嗎？

> 저는 달리기를 안 좋아해요.　我不喜歡跑步。

> 오늘은 회사에 안 갔습니다.　今天沒去公司（上班）。

> 요즘 바빠서 운동을 안 해요.　最近很忙，所以沒有運動。

➜ 比較 62 V / A-지 않다 P.083

Ⅳ 其他句型

61

「否定副詞」，表能力的否定：「無法～、不能～」

못 + V

注意

（1）此文法只與動詞結合，表示無法達到做某行為的能力。

（2）即使「못」與「안」同為否定法，但兩者含義不同。

➤ 아버지 : 우리 딸이 결혼을 아직 못 했습니다.
父親：我女兒到現在還沒結婚。
（含義：因某種原因嫁不出去）

딸 : 무슨 소리예요? 일이 바빠서 결혼 안 했어요!
女兒：那是什麼話（你說什麼）？
我是因為工作忙才不結婚的！

（3）「N하다」的否定為「N을/를 못 하다」。

（4）長形否定型式為「-지 못하다」，常用在書寫上。

➤ 저는 한국어를 잘하지 못합니다.　　我韓語不太好。

例句

➤ 시험 걱정 때문에 어제 잠을 못 잤어요.	因為擔心考試，昨天沒有睡好。
➤ 바빠서 아침 밥도 못 먹었어요.	忙到連早餐都沒辦法吃！
➤ 저는 요리를 못 합니다.	我不會煮菜。
➤ 저는 술을 못 마십니다.	我不會喝酒。

➜ 比較 63 V-지 못하다 P.084

意志、狀態否定：「不～、沒～」

V / A-지 않다

連接方式

V / A語幹：-지 않다

注意

（1）此文法表示「意志否定」，通常與動詞結合；同時也表示「狀態否定」，通常與形容詞結合。

➤ 저는 고기를 먹지 않아요.　　我不吃肉。

➤ 나는 혼자 살지만 외롭지 않아요.　　我一個人住，但不孤單。

（2）「N이다」的否定形式為「N이/가 아니다」。

➤ 이 우산은 마크 씨 것이 아니에요.　　這把雨傘不是馬克先生的。

例句

➤ 일요일에는 학교에 가지 않아요.　　星期天不用去學校。

➤ 배고프지 않아요?　　肚子不會餓嗎？

➤ 저는 어제 전화하지 않았어요.　　我昨天沒有打電話。

➤ 그 영화는 별로 슬프지 않아요.　　那部電影不太悲傷。

→ 比較 60 안 + V / A　P.080

Ⅳ 其他句型

63

能力否定：「不能～、無法～」

V-지 못하다

連接方式

V / A語幹：-지 못하다

注意

此文法與動詞結合，表示不能做某事（和說話者的意志無關）。

例句

- 바빠서 숙제를 하지 못했어요. 太忙了，沒辦法完成作業。
- 요즘은 친구를 자주 만나지 못해요. 最近無法經常見朋友。
- 바빠서 연락을 드리지 못했습니다. 太忙了，沒辦法與您聯絡。
- 내일 저는 오지 못할 것 같아요. 明天我可能沒辦法來。

→ 比較 61 못 + V P.082

表禁止的否定：「別～、不要～」

V-지 말다

連接方式

V語幹：-지 말다

此文法的格式體為「-지 마십시오」；非格式體為「-지 마세요 / -지 마요 / -지 마」。

- 이곳에 주차하지 마십시오. 請不要在這裡停車。
- 박물관 안에서 사진 찍지 마세요. 博物館內，請勿拍照。
- 수업 시간에 떠들지 마. 上課時，不要大聲喧嘩。
- 혼자 가지 마요. 우리 같이 가요. 你別一個人去。我們一起去吧。

Ⅳ 其他句型

「冠形詞形語尾（過去）」，表完成的行為：「已V（動詞）的+N」

V-(으)ㄴ

連接方式

V語幹（有尾音）：-은 + N

V語幹（無尾音）：-ㄴ + N

注意

此文法表達完成的行為，並用來修飾名詞。

- 읽은 책　　已讀的書
- 마신 커피　　已喝的咖啡
- 입은 옷　　穿的衣服

例句

- 어제 만난 사람이 누구였어요?　　你昨天見的人是誰？
- 지난 주말에 본 영화 재미있었어요?　　上個週末看的電影好看嗎？
- 오늘 아침에 먹은 음식 때문에 배탈이 났어요.　　因為今早吃的菜，拉肚子了。
- 엄마가 만든 음식이 제일 맛있어요.　　媽媽做的菜最好吃。

➜ 比較 66 V-는　P.087
67 A-(으)ㄴ　P.088
68 V-(으)ㄹ　P.089

「冠形詞形語尾（現在）」，表某行為正在發生，或習慣行為：「V（動詞）的+N」

V-는

連接方式

V語幹：-는 + N

注意

此文法表達現在進行、習慣，或表常態的行為，並用來修飾名詞。

- 지금 읽는 책　現在在讀的書
- 마시는 커피　正在喝的咖啡
- 항상 만드는 요리　常常做的料理

例句

- 지금 보는 영화 제목이 뭐예요?　你現在看的電影片名是什麼？
- 자주 듣는 음악이 있습니까?　你有常聽的音樂嗎？
- 저는 아침에 운동하는 습관이 있습니다.　我有早上運動的習慣。
- 한국어를 잘하는 직원을 찾았습니다.　找到了韓語很厲害的員工。

➜ 比較 65 V-(으)ㄴ P.086
67 A-(으)ㄴ P.088
68 V-(으)ㄹ P.089

「冠形詞形語尾（現在）」，表現在的狀態：「A的＋N」

A-(으)ㄴ

連接方式

V語幹（有尾音）：-은 + N

V語幹（無尾音）：-ㄴ + N

注意

（1）此文法表達某人、事、物的狀態，並用來修飾名詞。

（2）「있다/없다」（有 / 沒有）使用動詞的冠形形「-는」→「있는/없는」。

- 맛있은 음식（×）
  맛있는 음식（○） 好吃的菜
- 재미없은 영화（×）
  재미없는 영화（○） 好看的電影

例句

➤ 깨끗한 환경에서 살았으면 좋겠어요.	如果住在乾淨的環境裡就好了。
➤ 저는 추운 날씨를 안 좋아합니다.	我不喜歡寒冷的天氣。
➤ 포도주는 떫은 맛이 있습니다.	葡萄酒有澀味。
➤ 저 남자는 작은 키 때문에 농구 선수의 꿈을 포기했어요.	那個男生因為矮個子，而放棄了成為籃球選手的夢。

➜ 比較 65 V-(으)ㄴ P.086
66 V-는 P.087
68 V-(으)ㄹ P.089

68

「冠形詞形語尾（未來）」，表未來要做的行為：「要V的＋N」

V-(으)ㄹ

連接方式

V語幹（有尾音）：-을 + N

V語幹（無尾音）：-ㄹ + N

注意

此文法表達未來要做的行為，並用來修飾名詞。

例句

➤ 내일 만날 사람이 누구예요?	明天要見的人是誰？
➤ 결혼할 사람이 있습니까?	你有結婚的對象嗎？
➤ 저는 다음 날 먹을 음식을 항상 미리 준비합니다.	我總是會提前準備隔天要吃的食物。
➤ 새 집 찾을 방법을 생각해 봤어요?	你想過找新房子的方法了嗎？

➜ 比較 65 V-(으)ㄴ　P.086
66 V-는　P.087
67 A-(으)ㄴ　P.088

表動作的進行：「正在～」

V-고 있다

連接方式

V語幹：-고 있다

注意

此文法的敬語形為「-고 계시다」。

例句

➤ 저는 책을 읽고 있어요.	我正在讀書。
➤ 저는 대학교에서 한국어를 전공하고 있어요.	我正在大學主修韓語。
➤ 오빠는 회사에 다니고 있어요.	哥哥在公司上班。
➤ 아버지께서는 지금 영화를 보고 계세요.	父親現在正在看電影。

表希望：「想～、希望～」

V-고 싶다

連接方式

V語幹：-고 싶다

注意

此文法的主語以「陳述句」表達說話者的希望，或以「疑問句」詢問聽話者的希望，但不能表達第三人稱主語的希望。表達第三人稱主語的希望需用「-고 싶어하다」。

- 오빠가 한국에 가고 싶어해요. (○)
  오빠가 한국에 가고 싶어요. (×)
  我哥哥想去韓國。

例句

- 주말에 어디에 가고 싶어요? 週末你想去哪裡？
- 저녁에 뭐 먹고 싶어요? 晚上你想吃什麼？
- 친구를 만나서 같이 영화를 보고 싶어요. 我想和朋友見面，一起看電影。
- 저는 좀 쉬고 싶어요. 我想休息。

→ 比較 88 V / A-았/었으면 좋겠다 P.110

Ⅳ 其他句型

表計劃：「要～」；表推測：「會～」

V / A-(으)ㄹ 것이다

連接方式

V / A語幹（有尾音）：-을 것이다　　N：일 것이다

V / A語幹（無尾音）：-ㄹ 것이다

注意

（1）此文法可表達第一人稱或第二人稱主語的「計劃」。

（2）主語為第三人稱時，表示「推測」。常與副詞「아마（也許）」一起使用。

（3）此文法的格式體為「-(으)ㄹ 겁니다/겁니까?」；非格式體為「-(으)ㄹ 거예요/거예요?」。

（4）連接的動詞或形容詞語幹的尾音為「ㄹ」時，直接接「ㄹ 것이다」。

➤ 편의점에서 옷을 안 팔 거예요. (○)
편의점에서 옷을 안 팔을 거예요. (×)
便利商店應該不會賣衣服。

例句

➤ 저는 지금 집에 갈 거예요.	我現在要回家。
➤ 저는 이번 주말에 친구를 만날 거예요.	我這個週末要和朋友見面。
➤ 내일도 아마 추울 겁니다.	明天也可能會冷。
➤ 버스가 금방 올 거예요.	公車馬上會來。

➜ 比較 8 V-(으)ㄹ래요、V-(으)ㄹ래요?　P.017
9 V-(으)ㄹ게요　P.018
72 V / A-는/(으)ㄴ 것 같다　P.093

表推測：「好像～」；婉轉表達意見及判斷：「我覺得～」

V / A-는/(으)ㄴ 것 같다

連接方式

V語幹：-는 것 같다

A語幹（有尾音）：-은 것 같다

A語幹（無尾音）：-ㄴ 것 같다

N이다 : N인 것 같다

注意

（1）此文法與詞彙「-있다/없다」（有 / 沒有）連接時，會以「-있는 것 같다/없는 것 같다」呈現。

➤ 그 영화가 재미있는 것 같아요. 那部電影好像很好看。

（2）此文法若對過去事實表達推測、並有相關資訊可參考時，要使用「V語幹 -(으)ㄴ 것 같다」。

➤ 어젯밤에 비가 온 것 같아요. 昨天晚上好像下過雨。

（3）連接的動詞語幹的尾音若為「ㄹ」時，需先去掉「ㄹ」，再接「-는 것 같다」；若連接的形容詞語幹的尾音為「ㄹ」時，需先去掉「ㄹ」，再接「-ㄴ 것 같다」。

➤ 여기에서는 바지를 안 파는 것 같아요. (○)
여기에서는 바지를 안 팔는 것 같아요. (×)
這裡好像不賣褲子。

➤ 이 바지는 좀 긴 것 같아요. (○)
이 바지는 좀 길은 것 같아요. (×)
這件褲子好像有點長。

Ⅳ 其他句型

➤ 너는 나를 이해하지 못하는 것 같아.	我覺得你好像無法理解我。
➤ 밖에 비가 오는 것 같아요.	外面好像在下雨。
➤ 지금 집에 아무도 없는 것 같네요.	現在家裡好像沒有人在。
➤ 오늘은 기분이 좋은 것 같군요.	你今天好像心情很好喔。

➜ 比較 73 V / A-(으)ㄹ 것 같다 P.095

表推測：「好像～」

V / A-(으)ㄹ 것 같다

連接方式

V / A語幹（有尾音）：-을 것 같다

V / A語幹（無尾音）：-ㄹ 것 같다

N이다：N일 것 같다

注意

（1）推測過去或已完成的事實時，若沒有相關資訊可做推測根據時，需使用「V / A-았/었을 것 같다」；若有可做推測根據的資訊，則用「V-(으)ㄴ 것 같다」。

➤ 지금쯤 영수가 집에 도착했을 것 같아요. 現在英秀應該到家了。

（2）連接的動詞或形容詞語幹的尾音為「ㄹ」時，直接接「것 같다.」即可。

➤ 저기에서 이건 안 팔 것 같아요.（○）
저기에서 이건 안 팔을 것 같아요.（×）
那裡好像不會賣這個。

例句

➤ 하늘을 보니까 곧 비가 올 것 같습니다. 看天好像馬上就要下雨了。

➤ 결혼을 하면 참 행복할 것 같아요. 結婚的話，好像會很幸福。

➤ 이 옷을 입으면 참 예쁠 것 같아요. 穿這件衣服的話，好像會很漂亮。

➤ 토요일에는 극장에 사람이 많을 것 같아요. 星期六電影院可能會有很多人。

➜ 比較 72 V / A-는/(으)ㄴ 것 같다 P.093

表時間順序：「～之前」

V-기 전에

連接方式

V語幹：-기 전에

注意

此文法前面不可使用過去式時態語尾「-았/었-」及未來式時態語尾「-겠-」。

➤ 밥을 먹었기 전에 손을 씻었어요.（×）
밥을 먹기 전에 손을 씻었어요.（○）　吃飯前洗了手。

➤ 잠을 자겠기 전에 이를 닦을 거예요.（×）
잠을 자기 전에 이를 닦을 거예요.（○）　睡覺前要刷牙。

例句

➤ 세수를 하기 전에 이를 닦습니다.　洗臉之前刷牙。

➤ 약을 먹기 전에 먼저 식사를 하십시오.　吃藥之前，請先吃飯。

➤ 비가 오기 전에 빨리 출발합시다.　下雨之前趕快出發吧。

➤ 밥을 먹기 전에 손을 씻으세요.　吃飯之前請洗手。

表時間順序 ：「～之後」

V-(으)ㄴ 후에

連接方式

V語幹（有尾音）：-은 후에

V語幹（無尾音）：-ㄴ 후에

注意

（1）此文法與「V-(으)ㄴ 다음에」相似。

➤ 먼저 손을 씻은 다음에 식사하세요. 請先洗手後，再吃飯。

（2）連接的動詞語幹的尾音為「ㄹ」時，需先去掉「ㄹ」後再接「-ㄴ 후에」。

➤ 먼저 밥을 만든 후에 국을 끓였어요. (○)
먼저 밥을 만들은 후에 국을 끓였어요. (×)
先煮好飯後，再煮了湯。

例句

➤ 수업이 끝난 후에 학교 정문에서 만나요. 下課後在校門口見。

➤ 식사를 한 후에 이 약을 드십시오. 請飯後再吃這藥。

➤ 밥을 먹은 후에 커피를 마십시다. 吃完飯後喝咖啡吧。

➤ 손을 씻은 후에 밥을 먹습니다. 洗完手後吃飯。

➜ 比較 43 V-고 P.061

76

表發生某動作或某狀況的時間點：「～的時候」

V / A-(으)ㄹ 때

連接方式

V / A語幹（有尾音）：-을 때

V / A語幹（無尾音）：-ㄹ 때

注意

（1）若表達的某事情為已結束的狀態時，使用「-았/었을 때」。

➤ 집에 도착했을 때 비가 와서 우산이 필요없었어요. 我到家的時候才下雨，所以不需要雨傘。

（2）此文法連接的動詞或形容語幹的尾音為「ㄹ」時，直接接「때」。

➤ 밥을 만들 때 전화가 왔어요. (○)
밥을 만들을 때 전화가 왔어요. (×)
煮飯的時候，電話來了。

例句

➤ 점심을 먹고 있을 때 친구가 찾아왔어요. 吃午餐的時候，朋友來找了我。

➤ 나는 한국어를 공부할 때 기분이 좋아요. 我學韓文的時候，心情很好。

➤ 한국에 도착했을 때 비가 많이 왔어요. 到韓國的時候，下了大雨。

➤ 저는 기분이 좋을 때 노래를 부릅니다. 我心情好的時候會唱歌。

表原因：「因為～所以～」

V / A-기 때문에

連接方式

V / A語幹：-기 때문에

注意

此文法不能使用在命令句或共動句。

➤ 내일 시험이 있으니까 공부합시다. (○)
내일 시험이 있기 때문에 공부합시다. (×)
明天有考試，所以一起讀書吧。

例句

➤ 매운 것을 잘 못 먹기 때문에 김치찌개는 안 먹어요.	因為不太能吃辣的，所以不吃辛奇鍋（韓國泡菜鍋）。
➤ 저는 한국어 선생님이 되고 싶기 때문에 한국어를 공부합니다.	因為我想當韓語老師，所以學韓語。
➤ 날씨가 너무 춥기 때문에 창문을 닫았어요.	因為天氣太冷，所以把窗戶關上了。
➤ 여러 가지를 배울 수 있기 때문에 여행을 좋아해요.	因為可以學到很多，所以我喜歡旅行。

➜ 比較 45 V / A-아/어서 P.063
47 V / A-(으)니까 P.066

78

表「時間經過」：發生某動作開始，一直到發話為止的那段時間

V-(으)ㄴ 지

連接方式

V語幹（有尾音）：-은 지

V語幹（無尾音）：-ㄴ 지

注意

（1）「-(으)ㄴ 지」中的「-(으)ㄴ」和「지」間必須有空格。

（2）此文法後面必須搭配如「되다」（可以）、「넘다」（超過）、「흐르다」（流過）、「지나다」（經過）等表達「時間經過」的動詞一起使用。

（3）連接的動詞語幹的尾音為「ㄹ」時，需先去掉「ㄹ」後，再接「-ㄴ 지」。

➤ 만든 지 얼마 안 되었으니까 따뜻할 때 드세요. (○)
만들은 지 얼마 안 되었으니까 따뜻할 때 드세요. (×)
做好才沒多久，請趁熱吃。

例句

➤ 오늘은 내가 한국어를 공부한 지 1년 되는 날이에요. 今天是我學韓語滿1年的日子。

➤ 한국에 온 지 벌써 6개월 넘었어요. 我來韓國，已經超過6個月了。

➤ 이 회사에서 일한 지 얼마나 되셨어요? 您在這家公司上班多久了？

➤ 밥을 먹은 지 얼마 안 지났는데 배가 너무 고프네요. 飯才吃沒多久，可是肚子好餓喔。

表達目的、將要發生的事情：「要～、打算～」、「即將～」

79 V-(으)려고 하다

連接方式

V語幹（有尾音）：-으려고 하다

V語幹（無尾音）：-려고 하다

注意

（1）此文法不能使用在共動句和命令句。

（2）主語為第三人稱時，表達即將發生某行為或狀況。

- 곧 비가 오려고 해요. 快要下雨了。
- 아기가 울려고 해요. 孩子快要哭了。

例句

- 이번 주말에는 경복궁에 가려고 해요. 這個週末我打算去景福宮。
- 남대문 시장에 가서 옷을 사려고 해요. 要去南大門市場買衣服。
- 비가 오려고 해요. 快要下雨了。
- 막 기차가 출발하려고 해요. 火車即將要出發了。

➜ 比較 71 V / A-(으)ㄹ 것이다 P.092
91 V-(으)ㄹ까 하다 P.114

IV 其他句型

80 表可能性、允許、能力：「會～ / 不會～、能～ / 不能～、可以～ / 不可以～」

V-(으)ㄹ 수 있다/없다

連接方式

V語幹（有尾音）：-을 수 있다/없다

V語幹（無尾音）：-ㄹ 수 있다/없다

注意

說話者表達「能力」時，也常用「V-(으)ㄹ 줄 알다/모르다」。表達「可能性」時，只能使用「V-(으)ㄹ 수 있다/없다」。

➤ 저는 한국어로 편지를 쓸 줄 알아요. 我會用韓語寫信。

例句

➤ 저는 한국어로 편지를 쓸 수 있어요. 我可以用韓語寫信。

➤ 술을 마셔서 운전할 수 없어요. 喝酒了，所以我不能開車。

➤ 바다에서 수영을 할 수 있어서 여름을 좋아해요. 因為可以在海邊游泳，所以喜歡夏天。

➤ 학생증이 없으면 도서관에서 책을 빌릴 수 없어요. 如果沒有學生證，在圖書館不能借書。

➜ 比較 81 V-(으)ㄹ 줄 알다/모르다 P.103

81 V-(으)ㄹ 줄 알다/모르다

表能力：「會～/不會～、能～/不能～、懂得～/不懂得～」

連接方式

V語幹（有尾音）：-을 줄 알다/모르다

V語幹（無尾音）：-ㄹ 줄 알다/모르다

注意

此文法表達「可能性」時，不能使用「-(으)ㄹ 줄 알다/모르다」，而要使用「-(으)ㄹ 수 있다/없다」。

例句

- 저는 한국말을 할 줄 알아요. 我會說韓語。
- 운전할 줄 몰라요. 我不會開車。
- 수영할 줄 알아요? 你會游泳嗎？
- 저희 어머니는 스마트폰을 사용할 줄 모르세요. 我母親不會使用智慧型手機。

➜ 比較 80 V-(으)ㄹ 수 있다/없다 P.102

Ⅳ 其他句型

表允許、許可：「可以～」

V-아/어도 되다

連接方式

V語幹為陽性母音：-아도 되다

V語幹為陰性母音：-어도 되다

N이다：N이어도/여도 되다

하다類：-해도 되다

注意

（1）此文法也可以使用為「-아/어도 좋다」或「-아/어도 괜찮다」。

- 질문해도 됩니다. (○)
- 질문해도 괜찮습니다. (○)
- 질문해도 좋습니다. (○)

可以問問題。

（2）表達不允許或禁止時，使用「-(으)면 안 되다」。

- 여기에서 담배를 피우면 안 됩니다. (○)
  여기에서 담배를 피워도 안 됩니다. (×)

這裡不可以抽煙。

例句

- 모르는 게 있으면 언제든지 질문해도 됩니다. 如果有不懂的，可以隨時提問。
- 엄마, 아이스크림을 먹어도 돼요? 媽媽，我可以吃冰淇淋嗎？
- 여기서 사진 찍어도 됩니까? 這裡可以拍照嗎？
- 여기에 주차해도 괜찮아요? 這裡可以停車嗎？

83

表應當：「得～、應該～」

V / A-아/어야 되다/하다

連接方式

V / A語幹為陽性母音：-아야 되다/하다

V / A語幹為陰性母音：-어야 되다/하다

N이다：N이어야/여야 되다/하다

하다類：-해야 되다/하다

注意

「-아/어야 되다」通常使用在口語；而「-아/어야 하다」則通常使用在書寫上。

例句

- 한국어를 잘하려면 어떻게 공부해야 합니까? 韓語若想說得好，應該要怎麼學？
- 내일도 학교에 가야 돼요. 明天也得去學校。
- 오늘까지 이 일을 다 끝내야 합니다. 今天以前得把這件事情全部完成。
- 등산을 가려면 날씨가 좋아야 돼요. 若要去登山的話，天氣要好。
- 내 미래의 남편은 마음이 따뜻한 사람이어야 돼요. 我未來的老公一定要是內心溫暖的人。

IV 其他句型

表試圖：「試著做～」；表經驗：「做過～」

V-아/어 보다

連接方式

V語幹為陽性母音：-아 보다

V語幹為陰性母音：-어 보다

하다類：-해 보다

注意

（1）此文法表「經驗」時，通常使用過去式「-아/어 봤다」。

➤ 한국에서 김치를 먹어 봤어요. (○)　　在韓國吃過辛奇（韓國泡菜）。

（2）表達「試圖」時，常用的形式有「-아/어 보세요」、「-아/어 봅시다」。

➤ 이 책을 읽어 보세요.　　請讀看看這本書。

➤ 같이 이 노래를 불러 봅시다.　　我們一起唱看看這首歌吧。

例句

➤ 이 김치 한번 먹어 보세요.　　請您嘗一次看看這個辛奇（韓國泡菜）。

➤ 마음에 들면 한번 입어 보세요.　　如果喜歡，請試穿看看。

➤ 이 노래를 들어 봤어요?　　聽過這首歌嗎？

➤ 한국에 안 가 봤어요? 꼭 한번 가 보세요.　　沒去過韓國嗎？請您一定要去一次看看。

➜ 比較 87 V-는 게 좋겠다　P.109
89 V-(으)ㄴ 적이 있다/없다　P.111

表幫忙：「幫忙做～」

V-아/어 주다

連接方式

V語幹為陽性母音：-아 주다

V語幹為陰性母音：-어 주다

하다類：-해 주다

注意

其行為所涉及的對象為長輩時，應使用「-아/어 드리다」。

➤ 할머니께 요리를 만들어 드렸어요. 做了料理給奶奶吃。

例句

➤ 친구에게 책을 선물해 주었어요. 我送了書給朋友。

➤ 가족 사진이에요? 좀 보여 주세요. 這是全家福嗎？請讓我看看。

➤ 미안하지만, 사전 좀 빌려 주세요. 不好意思，請借我字典。

➤ 이것 좀 도와주시겠어요? 請問可以幫我一下嗎？

86

表決定、約定：「決定做～、約定做～」。

V-기로 하다

連接方式

V語幹：-기로 하다

注意

（1）此文法表示已經決定好或約定好某件事情，因此通常使用過去式，如「-기로 했다」。

➤ 친구와 같이 식사하기로 했어요. (○)
친구와 같이 식사하기로 해요. (×)
和朋友約好要一起吃飯。

（2）與聽話者約定時，需使用現在式（共動形），如「-기로 해요」，此時主語為「우리」（我們）。

➤ （우리）앞으로 열심히 공부하기로 해요.　（我們）約定以後要努力學習。

➤ （우리）이제부터 한국말로 이야기하기로 해요.　（我們）約定從現在起用韓語聊天。

（3）「-기로」前不可加過去式。

➤ 친구와 오후 한 시에 만나기로 했어요. (○)
친구와 오후 한 시에 만났기로 했어요. (×)
和朋友約好下午一點見面。

例句

➤ 올 여름에 친구들과 여기저기 여행하기로 했습니다.　今年夏天決定要和朋友們到處去旅行。

➤ 살이 쪄서 이제부터 다이어트를 하기로 했어요.　變胖了，所以決定從現在開始減肥。

➤ 동창들과 다음 주에 모이기로 했습니다.　和同學們約好下週要聚會。

表意志、忠告、建議：「（那樣做）～會比較好」

V-는 게 좋겠다

連接方式

V語幹：-는 게 좋겠다

注意

連接的動詞語幹的尾音為「ㄹ」時，需先去掉「ㄹ」，再接「-는 게 좋겠다」。

살다（活）→ 사는 게 좋겠어요.（活著比較好）

열다（開）→ 여는 게 좋겠어요.（開比較好）

들다（拿）→ 드는 게 좋겠어요.（拿比較好）

만들다（做）→ 만드는 게 좋겠어요.（做比較好）

例句

➤ 저는 지금 집에 가는 게 좋겠어요.	我現在回家好了。
➤ 버스는 너무 막히니까 지하철을 타고 가는 게 좋겠어요.	公車會很塞車，所以搭地鐵會比較好。
➤ 시간이 없으니까 택시를 타는 게 좋겠어요.	因為沒時間，所以搭計程車比較好。
➤ 오늘 파티 때 사람이 많이 오니까 음식을 많이 만드는 게 좋겠어요.	今天派對時會來很多人，所以食物多做會比較好。

➜ 比較 84 V-아/어 보다 P.106

Ⅳ 其他句型

88

表渴望、期盼：「希望～的話就好了、要是～該多好」

V / A-았/었으면 좋겠다

連接方式

V / A語幹為陽性母音：-았으면 좋겠다

V / A語幹為陰性母音：-었으면 좋겠다

N이다：N이었/였으면 좋겠다

하다類：-했으면 좋겠다

例句

- 내일도 날씨가 맑았으면 좋겠어요. 希望明天也天氣很好。
- 집이 회사에서 가까웠으면 좋겠어요. 希望家離公司近就好了。
- 햇빛도 잘 들고 공기도 잘 통하는 집이었으면 좋겠어요. 希望是採光好、通風也很好的房子。
- 한국말을 더 잘했으면 좋겠어요. 希望韓語能說得更好就好了。

➜ 比較 70 V-고 싶다 P.091

表經驗與否：「做過～」

V-(으)ㄴ 적이 있다/없다

連接方式

V語幹（有尾音）：-은 적이 있다/없다

V語幹（無尾音）：-ㄴ 적이 있다/없다

注意

（1）此文法常與表示「試圖」的「-아/어 보다」（試著做～）結合，使用成「-아/어 본 적이 있다/없다」。但嚴格來說，「-(으)ㄴ 적이 있다/없다」純粹表示「經驗」；而「-아/어 본 적이 있다/없다」則表示「試圖做某行為的經驗」。因此後者不能使用如「잃어버리다」（遺失）、「다치다」（受傷）、「넘어지다」（跌倒）等非主動意志的動詞。

➤ 지갑을 잃어버린 적이 있어요. (○)
지갑을 잃어버려 본 적이 있어요. (×)
我遺失過皮夾。

（2）「-아/어 봤다」沒有經驗的時間限制；而「-(으)ㄴ 적이 있다」不能使用在最近過去的經驗。

➤ 어제 처음 김치찌개를 먹어 봤어요. (○)
어제 처음 김치찌개를 먹은 적이 있어요. (×)
昨天第一次吃辛奇鍋（韓國泡菜鍋）。

（3）「曾經 / 不曾看過」以「본 적이 있다/없다」表達即可。

- 해외 여행을 해 본 적이 있어요? 你有出國旅行過嗎？
- 한복을 입어 본 적이 있어요. 我穿過韓服。
- 한국에서 한국어를 배운 적이 있습니다. 我在韓國學過韓語。

84 V-아/어 보다 P.106

表擔心、憂慮：「因為怕～、因為擔心～」

90 V / A-(으)ㄹ까 봐

連接方式

V / A語幹（有尾音）：-을까 봐

V / A語幹（無尾音）：-ㄹ까 봐

N이다：N일까 봐

注意

（1）此文法不可使用為終結形，後句必須使用「因擔心、憂慮而產生的行為或狀態」。

➤ 늦을까 봐 걱정돼요. (○)　　擔心遲到。

늦을까 봐. (×)

（2）連接的動詞或形容語幹的尾音為「ㄹ」時，直接接「-까 봐」。

➤ 옷이 너무 길까 봐 줄였어요. (○)　　擔心衣服太長，所以改短了。

옷이 너무 길을까 봐 줄였어요. (×)

例句

➤ 길이 막힐까 봐 지하철을 타고 왔어요.　　擔心塞車，所以搭地鐵來。

➤ 날씨가 추울까 봐 두꺼운 옷을 여러 개 입었어요.　　怕天氣冷，所以穿了幾件厚的衣服。

➤ 회의가 벌써 시작했을까 봐 걱정했어요.　　怕會議已經開始了而擔心。

➤ 살이 찔까 봐 조금만 먹어요.　　怕變胖而只吃一點點。

Ⅳ 其他句型

91

表不確定的計畫或微弱的意志：「考慮要不要做～」

V-(으)ㄹ까 하다

連接方式

V語幹（有尾音）：-을까 하다

V語幹（無尾音）：-ㄹ까 하다

注意

（1）表示還沒決定要做，但有想做的意思。

➤ 가 : 이번 주말에 뭐 할 거예요? 這個週末要做什麼？

나 : 글쎄요. 야구를 보러 갈까 해요. 這個嘛。考慮要不要去看棒球。

（2）此文法連接的動詞尾音若為「ㄹ」，直接接「-까 하다」。

➤ 집을 팔까 해요. (○)

집을 팔을까 해요. (×)

考慮要不要賣掉房子。

例句

➤ 아침마다 운동을 할까 해요. 考慮要不要每天早上做運動。

➤ 여름방학 때 제주도에 갔다올까 합니다. 考慮要不要暑假時去濟州島一趟。

➤ 영화를 보러 갈까 하는데, 같이 갈래요? 想要去看電影，你要不要一起去？

➜ 比較 71 V / A-(으)ㄹ 것이다 P.092

79 V-(으)려고 하다 P.101

表受外在條件影響而變化：「變得～」

V-게 되다

連接方式

V語幹（有尾音）：-게 되다

注意

此文法僅與「動詞」結合，若使用形容詞表達變化時，使用「-아/어지다」。

➤ 날씨가 추워졌어요. (○)　　天氣變冷了。

날씨가 춥게 됐어요. (×)

例句

➤ 이전에는 매운 음식을 잘 못 먹었는데 지금은 잘 먹게 됐어요.	以前不太能吃辣的食物，而現在變得很能吃。
➤ 집에 일이 생겨서 고향에 돌아가게 되었습니다.	家裡有事情，所以要回故鄉。
➤ 이전에는 길을 잘 몰랐는데 지금은 어디든지 갈 수 있게 되었습니다.	以前不太認得路，但現在無論哪裡都能去。

93

「名詞形接尾詞」，把動詞及形容詞衍生為名詞

V / A-(으)ㅁ

連接方式

V / A語幹（有尾音）：-음

V / A語幹（無尾音）：-ㅁ

注意

僅有部分動詞與形容詞與「-(으)ㅁ」結合，並未添加特殊意義，只是將其詞性單純名詞化。

웃다（笑）→ 웃음（笑容）

알리다（告知）→ 알림（告知、通知）

걷다（走）→ 걸음（步伐）

자다（睡）→ 잠（睡眠）

추다（跳(舞)）→ 춤（舞蹈）

꾸다（作(夢)）→ 꿈（夢）

드리다（給）→ 드림（敬上）

모이다（聚）→ 모임（聚會）

기쁘다（開心）→ 기쁨（喜悅）

슬프다（悲傷）→ 슬픔（悲傷）

➤ 저는 춤 추는 것을 좋아합니다.	我喜歡跳舞。
➤ 어제 잘 때 꿈을 많이 꿨어요.	昨天睡覺的時候做了很多夢。
➤ 저 여자 아이는 웃음 소리가 참 예쁩니다.	那個女孩笑聲很美（很好聽）。
➤ 한국어 공부는 어려움도 많지만 저에게 기쁨을 줍니다.	學習韓語雖然有很多困難的地方，但卻帶給我喜悅。

➜ 比較 94 V / A-기 P.118

「名詞形接尾詞」，把動詞或形容詞衍生為名詞

V / A-기

連接方式

V / A語幹：-기

注意

僅有部分的動詞和形容詞與「-기」結合使用。與動詞結合時變成「事件或行為名詞」；與形容詞結合時則變成「尺度名詞」。

➤ 달리다（跑）→ 달리기（跑步）

➤ 말하다（說）→ 말하기（口說）

➤ 걷다（走）→ 걷기（行走）

➤ 쓰다（寫）→ 쓰기（寫作）

➤ 듣다（聽）→ 듣기（聽力）

➤ 읽다（讀）→ 읽기（閱讀）

➤ 크다（大）→ 크기（大小）

➤ 굵다（厚）→ 굵기（厚度）

➤ 세다（強）→ 세기（強度）

➤ 밝다（亮）→ 밝기（亮度）

- 이번 시험은 듣기보다 읽기가 어려웠습니다. 這次考試，閱讀比聽力還要難。
- 저는 쓰기보다 말하기를 잘합니다. 我的口說比寫作好。
- 달리기가 제 취미입니다. 跑步是我的興趣。
- 이 옷은 크기가 안 맞아요. 這件衣服尺寸不合。

➜ 比較 93 V / A-(으)ㅁ P.116

IV 其他句型

MEMO

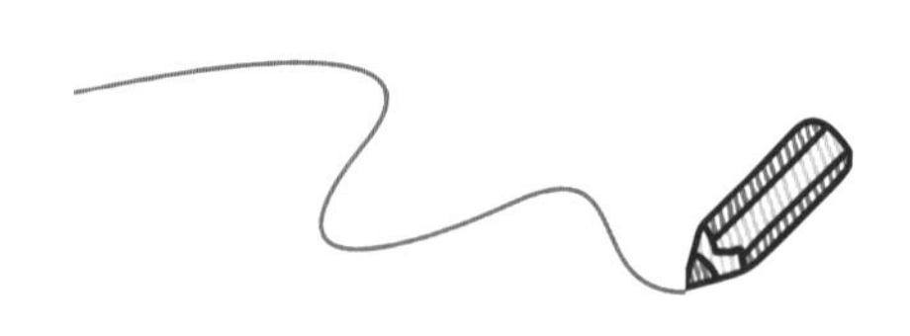

附錄
부록

文法索引

收錄本書共計94個文法之索引，依韓語子音順序排列，方便隨時查找、搭配學習。

附錄 文法索引

ㄱ

ㄴ

ㄷ

ㅁ

ㅂ

ㅅ

ㅇ

ㅈ

ㅊ

ㅎ

國家圖書館出版品預行編目資料

新韓檢初級必備文法 新版 TOPIK I 필수문법 /
崔皓熲、高俊江、朴權熙、柳多靜合著
-- 修訂初版 -- 臺北市：瑞蘭國際，2023.07
128 面；19 × 26 公分 --（外語學習系列；121）
ISBN：978-626-7274-39-2（平裝）
1. CST：韓語 2. CST：能力測驗
803.289 112010712

外語學習系列 121

新韓檢初級必備文法 新版
TOPIK I 필수문법

作者｜崔皓熲、高俊江、朴權熙、柳多靜
責任編輯｜潘治婷、王愿琦
校對｜崔皓熲、高俊江、朴權熙、柳多靜、潘治婷

封面設計｜劉麗雪、陳如琪
版型設計、內文排版｜陳如琪

瑞蘭國際出版
董事長｜張暖彗 · 社長兼總編輯｜王愿琦
編輯部
副總編輯｜葉仲芸 · 主編｜潘治婷
設計部主任｜陳如琪
業務部
經理｜楊米琪 · 主任｜林湲洵 · 組長｜張毓庭

出版社｜瑞蘭國際有限公司 · 地址｜台北市大安區安和路一段 104 號 7 樓之一
電話｜(02)2700-4625 · 傳真｜(02)2700-4622 · 訂購專線｜(02)2700-4625
劃撥帳號｜19914152 瑞蘭國際有限公司
瑞蘭國際網路書城｜www.genki-japan.com.tw

法律顧問｜海灣國際法律事務所 呂錦峯律師

總經銷｜聯合發行股份有限公司 · 電話｜(02)2917-8022、2917-8042
傳真｜(02)2915-6275、2915-7212 · 印刷｜科億印刷股份有限公司
出版日期｜2023 年 07 月初版 1 刷 · 定價｜350 元 · ISBN｜978-626-7274-39-2

瑞蘭國際

瑞蘭國際